WAC BUNKO

皇室をお護《まも》りせよ！

鎌田中将への密命

鎌田　勇

WAC

皇室をお護《まも》りせよ!

鎌田中将への密命

◉目次

取材協力 加藤貴之　装幀 須川貴弘(ＷＡＣ装幀室)

本書は二〇一六年十月に小社より刊行した『皇室をお護りせよ』をＷＡＣ　ＢＵＮＫＯ化したものです。

第一章

日本の戦後を救った、厚木での「再会」

厚木の最も暑い日

昭和二十年八月二十八日、その日は朝から天候に恵まれていた。ポツダム宣言を受諾し、降伏を受け入れた日本にマッカーサー司令部から先遣隊《せんけんたい》がやってくる日である。

連合国最高司令官のマッカーサー元帥は、自らが乗り込む二日前に、先遣隊約百五十名を派遣し、日本の状況を調査させようとした。先遣隊の報告を受けたうえで進駐軍部隊が日本に向かう予定となっていた。

先遣隊と後続部隊が降り立つのは神奈川県の厚木飛行場である。

厚木飛行場は、二週間前までは海軍航空隊の基地であった。基地の将兵の中には、亡くなった戦友たちのことを思い、「絶対に降伏を受け入れない」と抵抗する者たちもいた。厚木周辺には「マッカーサー機へ体当たり！」というビラもまかれており、不穏な空気が漂っていた。

敵地のまっただ中に飛び込む先遣隊は無事でいられるのか。マッカーサー司令部の幕僚たちは日本軍の抵抗に遭って流血の事態になることを危惧していた。先遣隊に一人でも死者が出れば、黙ってていないであろう。

モスクワのスターリンも、先遣隊に注目していた。『トルーマン回顧録』によれば、先遣隊到着の前日にスターリンは、「日本人は裏切りやすい国民であり、国粋主義者の刺客が残っている」「自分だったら、不祥事件に備えて人質（抵当）を取る」とハリマン駐ソ大使に話している。米軍のやり方では日本進駐は失敗するとスターリンは見ていた。米ソ共同の日本占領をアメリカに要求していたスターリンは、米軍単独の占領が失敗することをむしろ望んでいたように思われる。

まさに日本の運命がかかった日であった。一発の銃声が鳴り響いただけでも、日本の将来は変わってしまう。

日本政府は、陸軍の有末精三中将を委員長とした接伴《せっぱん》委員を組織して、先遣隊が到着する厚木飛行場で待機させた。

先遣隊の到着予定時刻は午前九時。万全の受け入れをするために、朝七時から入念に予行演習を始めていた。

通常、飛行機は風上に向かって着陸する。風向きを考慮して着陸地点を予想し、着陸予想位置付近に誘導の自動車を配置、その自動車に先遣隊長を乗せて、委員一同が整列した天幕内に案内することになっていた。

と、急に上空が騒がしくなった。

爆音が鳴り響いて、一機、二機と飛行機が姿を見せ始めた。予定時刻よりかなり早かったため、日本側は「先遣隊の偵察機だろう」と思っていた。

ところが、白雲の中から大型輸送機が姿を現し始めた。十六機の編隊が銀翼を輝かせて近づいてきて、そのうちの一機が着陸態勢に入ったと思ったら、あっという間に飛行場の外れのほうに着陸した。それは、委員一同が整列して出迎える予定の天幕とは最も離れた位置である。委員たちは虚を突かれた。

「先遣隊なのか?」

予行演習をとりやめ、飛行場長の佐藤大郎海軍大佐が自動車を走らせて確認しに行った。通訳を乗せた自動車も佐藤大佐の後を追った。佐藤大佐は遠くから赤い旗を振って、先遣隊であることを知らせてきた。

十六機の輸送機は次々と着陸した。全機が着陸するまでにかなり時間がかかり、着陸後はしばらくシーンとしていた。何をするかわからない日本兵に対する危険を考慮して、慎重に様子を見ていたのだろう。彼らも不安だったのだ。

佐藤大佐と通訳が車を降りて説明しに行き、やりとりをすると、ようやく先遣隊は輸送機の扉を開けた。

最初に降りてきたのは剣付鉄砲を持った護衛兵。数名の護衛兵が周囲を固めた後、先遣隊長らしき人物が拳銃に手を掛けながら下りてきた。

彼らは、威圧するような態度で迎えの自動車に分乗し、天幕前に向かう。

天幕の外に出て待っていた有末接伴委員長は、自動車から降りてきた先遣隊長らしき人の前に進み出て、敬礼し、名乗った。

「アイ・アム・セイゾー・アリスエ」

先遣隊長は有末中将に鋭い視線を向けて、

「テンチ」

と一言、自分の名前を言っただけだった。この人こそマッカーサー元帥に指名されたアメリカ陸軍チャールズ・テンチ大佐だったのである。

一行を天幕内に招き入れると、有末中将は、暑い季節の到着で、喉《のど》が渇いているだろうと、オレンジジュースを差し出した。だが、テンチ大佐はグラスを口元まで持っていったものの、飲まずにテーブルに置いた。

「毒を心配しているのかもしれない」と察した有末中将が、自分で先に飲んだが、それでもテンチ大佐は飲もうとしなかった。

天幕内には、重苦しい空気が漂った。

「ミスター・カマダはどこだ」

テンチ大佐は苛立ったような様子で、

「ミスター・カマダはどこにいるんだ?」

と突然、日本側委員に聞いた。

「カマダですか?」

「そうだ。私は彼を知っている。彼を呼んでほしい」

とテンチ大佐は要求した。

そのとき、鎌田銓一《かまたせんいち》は、天幕の外で補佐委員と打ち合わせをしていた。そこに、連絡係の少尉が飛んできた。銓一はアメリカ留学時代まで「カマダ」と呼ばれた。

「鎌田閣下、先遣隊長が閣下を知っているので、お会いしたいと言っております。すぐに有末閣下のところへお越しください」

「なに、僕を知っている? 何かの間違いではないかね」

「いいえ、確かに、先遣隊長は閣下を知っていると言っております」

銓一は、少し変わった経歴の持ち主である。委員長の有末中将とは陸軍士官学校の同期

（二十九期）であったが、有末中将は歩兵出身、銈一は工兵出身である。有末中将は、士官学校を優等で卒業後、陸軍大学校も優等で卒業した同期トップだった。

一方の銈一は、士官学校卒業後、陸軍砲工学校、京都帝国大学で技術を学び、アメリカのイリノイ大学、ＭＩＴに留学して、コンクリートなどの材料工学を学んだ。

その後、アメリカ陸軍フォート・デュポン工兵第一連隊に入隊し、同連隊で大隊長を務めた。工兵部隊とはいえ、敵国の米軍で指揮官を務めたことのある珍しい人間である。終戦時には、中将として北京で鉄道司令官をしていたが、アメリカ留学体験があるからということで、急遽《きゆうきよ》、日本に呼び戻され、厚木で先遣隊の受け入れ準備をすることになった。

銈一の頭に、アメリカの連隊で勤務したときのことが思い浮かんだ。そのときの仲間だろうか。しかし、こんなところに自分の知り合いが来るだろうか。銈一は何かの間違いではなかろうかと思いながら、天幕に急いだ。

中に入ると、見知った顔があった。

「オー、カマダ大隊長。来てくれたな。よかった、よかった！」

先遣隊長のテンチ大佐がいきなり銈一に抱きついてきた。

あまりのことに驚いた。こんなところで、まさか知り合いに会うとは思ってもいなかった。しかも、その相手は先遣隊の隊長である。

銓一がフォート・デュポン工兵第一連隊に勤務していた頃、テンチ大佐も同連隊に勤務していた。一八九六年生まれの銓一は当時、少佐で大隊長。一方のテンチ大佐は中隊長、一九〇五年生まれ。ウェストポイントの陸軍士官学校を卒業し、プリンストン大学で修士号を取得した後、少尉として任官していたのだ。つまり、二人は上官と部下の関係だった。

フォート・デュポンを懐かしむ二人の会話が始まった。

テンチ「大隊長殿は、フォート・デュポンを覚えていますか?」

銓　一「もちろん。忘れたことはない」

銓一は、アメリカにいるときのことを思い出していた。アメリカでは、仲間たちとよく働き、よく遊んだ。

テンチ「アメリカに帰りたくないですか?」

銓　一「あのころを思い出すと帰りたくなるね」

テンチ「アメリカで何をしたいですか?」

銓　一「もちろん、これだよ」

そう言って、銓一は腕を大きく振った。

テンチ大佐は何のことかわからなかったようだ。

銓一は再び手を振って、ボールを転がすような格好をした。それがあまりにも不格好な

先遣隊とテントの中で協議。左手前がテンチ大佐、その右が有末精三、右端手前が鎌田銓一。写真：共同通信社

ものだから、一同ドッと吹き出した。

「大隊長殿、それはボウリングのことか？（笑）」

「そうそう、ボウリングだ。ボウリングだ」

「ボウリングはそんな格好じゃないぞ（笑）」

張り詰めた場の空気が一気に和らいだ。

銓一は、フォート・デュポン時代に仲間たちとボウリングを楽しんでいた。それを思い出して、ボールを投げる格好をしたが、おかしな格好だったため、笑いを誘ってしまった。銓一は、小太りで丸めがねをかけている。米軍人にとって、見た目も面白かったのだろう。

笑いの余韻《よいん》が続いているなか、後ろで大きな声を出す者がいた。

「カマダ大隊長殿！」

振り返ってみると、立派な米軍将校が直立不動で敬礼をしている。

「おー、ミスター・ダン。貴殿《きでん》も来ていたのか？」

そこにいたのは、フォート・デュポン時代の部下の一人ミスター・ダンだった。階級章を見ると大佐である。

銈一は信じられなかった。まさかこんな場所でこの二人に会えるとは。誰かが仕組んだとしても、ここまでのことはできないのではないか。運命的な再会としか言いようがないと思った。

銈一「ミスター・ダン、貴殿はもう大佐か。偉い人に、いきなり敬礼されてびっくりしたよ」
ダン「大隊長殿こそ、もう中将になったのですか？　ちょっと昇進が早くないですか（笑）」
銈一「それは、米軍中で最も光輝ある工兵第一連隊で訓練を受けた賜物《たまもの》だよ」
ダン「大隊長殿は、相変わらず外交辞令がうまいですね（笑）」
三人は運命的な再会を喜び合った。

すっかり忘れられてしまったのは目の前のオレンジジュース。時間が経って温かくなってしまったので、冷えたオレンジジュースに取り替えた。

銈一がグラスをとると、テンチ大佐以下、米先遣隊員もグラスをとった。日本式の「カンパーイ」という大きな声を出して銈一が一気に飲み干すと、テンチ大佐、ダン大佐、日本の接伴委員のみんながオレンジジュースをおいしそうに飲み干した。

極度の緊張感から解き放たれたときほど、一気に打ち解けるものである。つい先ごろまで戦争をしていたことなどすっかり忘れてしまうような雰囲気になった。

戦後に有末中将が著した『終戦秘史　有末機関長の手記』には、「談笑の会話さえ交《か》わされはじめ緊張した空気は著しくほぐされて来た」と記されている。

先遣隊と日本の接伴委員たちの交流はこうして始まったのである。

昨日の敵と談笑

すっかり打ち解けた雰囲気になったが、この先、厚木では何が起こるかわからなかった。

先遣隊の隊員たちも、ほかの日本の軍人たちが素直に従うとは思っていなかった。

相当な覚悟を持って日本にやってきたテンチ大佐が、旧知の銈一に会って、ホッとしたのだろうか。取るに足らないことまで、次々と話し始めた。

「カマダ大隊長が住んでいた将校集合所続きの独身宿舎は、その後改造されて立派になった。架橋演習をやった連隊の横の運河は幅が二倍になったんだ。軍医少佐のケイルンは除隊して余生を送っているが、息子は立派な将校になった。彼の娘のフランシスは、結婚して八歳の子供がいるんだけど、最近離婚した」

テンチ大佐は、本来、寡黙《かもく》なタイプの人間だが、緊張感が解けたためか、とても饒舌《じょうぜつ》になっていた。


ダン大佐との会話も弾《はず》んだ。

「カマダ大隊長殿、吉報をお知らせしましょう。大隊長が訓練した部隊は、北アフリカの上陸作戦に参加し、大いに手柄を立てた。イタリア本土上陸作戦でも殊勲をあげて、アイゼンハワー元帥《げんすい》から表彰状をもらったんですよ。今は、無事、ドイツに駐屯しているから安心してください」

「おお、あの部隊がそんなに勇敢に戦ったのか。うれしいね」

テンチ大佐もダン大佐も銈一も時計の針が昔に引き戻され、今でもフォート・デュポンにいるような錯覚に陥っていた。

銓一は当時の仲間の消息を尋ねた。

「私と最も親しかったノヴトナー大尉はどうされているかね」

「ああ、彼は大佐になって、その後、退役しましたよ」

「そうか、退役したか」

一通りフォート・デュポンを懐かしんだ後、銓一はアメリカを発ってからの自分の状況を話した。

「私は、最近まで支那《シナ》（中国）で鉄道司令官をしていたんだ」

「そうですか、支那にいたのですか」

「終戦を機に呼び戻されて、接伴委員を仰せつかった。まさか、こうして二人に会えるとは思ってもいなかった。こんなにうれしいことはない」

「我々もうれしいですよ」

「だが、私一人で支那から帰ってきたので、今、残してきた私の部隊がどうしているかとても心配なんだ」

「ああ、そうか。大隊長殿は日本軍人でしたね。忘れていましたよ（笑）」

他の接伴委員たちも加わって、談笑が続いた。

昼近くになってきたので、そろそろ先遣隊を宿舎に案内しようということになった。宿舎には食堂があり、先遣隊の人たちの食事が用意してある。

宿舎は一キロ以上離れたところにあるから、接伴委員が車で先導し、その後を先遣隊に続いてもらう予定だった。

しかし、お互いにずいぶん打ち解けたので、有末中将はテンチ大佐に同乗を願い出た。テンチ大佐は喜んで了承し、有末中将とテンチ大佐、そして通訳のバワーズ少佐が同じ車に乗ることになり、銓一は別の車にダン大佐と同乗した。

道はガタガタで、車は大きく揺れた。マッカーサー元帥の進路となる道も舗装されていないところが大部分であった。交通通信担当指揮官として厚木に来ていたダン大佐は、道路状況が悪いのには閉口していた。

「大隊長殿、日本の道路は、アメリカの六十年前の道路じゃないですか」

銓一は返す言葉がなかった。

道中の要所要所には、白い作業着を着た海軍保安隊員が警備のために立っていた。

銓一は道中に立って敬礼をしている若い兵士を指して言った。

「あの光景を見てほしい。彼らはあなた方を敵として憎んでいた。それが今は、天皇陛下の大命によって戦争を中止して、憎いと思っていたあなた方に敬礼をしている。ミスター・

ダン、彼らの気持ちも察してもらえればと思う」

ダン大佐は黙って聞いていた。

テンチ大佐も車中で有末中将に聞いたという。

「彼らは何者か？　なぜ銃を持たずに棍棒《こんぼう》を持っているのか？」

有末中将は、彼らは武器を置いて警備をしているのだと説明した。彼らは天皇陛下の命に従っているのだと説明することも忘れなかった。テンチ大佐は頷《うなず》いていたという。

「殺される」覚悟でやってきた先遣隊

宿舎に着くと、有末中将はテンチ大佐を隊長室に案内し、「お疲れのところ申し訳ないが」と重要な問題を切り出した。軍票《ぐんぴょう》問題である。米軍は占領地用の擬似紙幣、軍票を使用することになっており、すでに配布されていた。

日本国内は戦争で物資が不足しているうえに、製造設備が破壊されていて新たな物資の供給もできなかった。極端な供給不足の状況で、大量の軍票が発行されれば、急激なインフレが起こって国民生活は破綻してしまう。日本は進駐軍用に円貨を用意してあったので、軍票の使用を止めてもらいたかった。

有末中将の手記によれば、テンチ大佐は、

「軍票は持って来てはいるが、先発隊の者はこの飛行場外には一歩も出さない。外出を禁止するから、軍票を使うことはない。マッカーサー元帥からくれぐれも日本人とのトラブルを避けるように命ぜられている。その点は安心してほしい」

と言ったという。

先遣隊と接伴委員一同は食堂に向かった。宿舎の食堂には、サンドウィッチやジュースが先遣隊の全員分用意してあった。日本のビールも用意してあった。

有末中将が「お口に合うかどうかわからないが」と食事をすすめた。だが、テンチ大佐は、

「食事は携帯してきているから心配には及ばない」と遠慮する姿勢を見せた。

しかし、目の前にはおいしそうな食べ物がある。我慢できなくなったのか、若い米軍兵士がサンドウィッチを手に取り、

「おー、すばらしい。腹の虫が鳴るぜ」

と口に入れた。

こうなるともう誰も止められない。兵士たちは目の前のサンドウィッチをわしづかみにして、ほおばった。三人前も平らげた兵士もいた。日本の調理人が心を込めて作ったサンドウィッチを彼らはおいしそうに食べた。

有末中将は所用があり、いったん車で戻り、あと別室に入ったテンチ大佐、ダン大佐、銓一の三人は、ウィスキーを飲みながら、再び昔話に花を咲かせた。

上機嫌になったテンチ大佐は、腹を割って話してくれた。

「厚木上空に到達したときには、いよいよこれで最後かと思ったよ。日本兵に殺されるだろうと思って、俺は体がこわばった。逆のコースに着陸したのも、日本兵が何をするかわからないと思ったからなんだ」

「無茶をしたな。予定した地点に着陸しないから、こっちはまごついたよ」

「追い風で急ブレーキをかけたから、飛行機がジャンプして大変だったんだ」

ダン大佐も加わった。

「ハッチソン大佐なんか、天井に頭をぶつけて、六個もこぶができたと言っていたよ」

と、帽子を取ってこぶの格好をした。

銓一には彼らの覚悟が伝わってきた。そして、まずは勇気を持って日本に乗り込んできたことには敬意を払いたかった。

「貴殿たちは本当に心配だったと思う。それを乗り越えてやってきたのだから、貴殿たちはとても勇敢だ」

二人は黙っていた。

銓一は、降伏を受け入れた日本の兵士たちも、彼らに劣らず敬服に値する者たちだということをわかって欲しかった。

「今日の道中、日本の兵士たちの姿を見てもらったと思う。つい先頃までは特攻隊にいた者もいる。飛行機もろとも、あなた方に体当たりするつもりでいたのだ。米軍を仇敵としていた兵士が、天皇陛下の一声で貴殿たちを歓迎し、敬礼をしている。お互い武人として、どうか彼らの涙ぐましい胸中も察してもらいたい」

と伝えた。

ダン大佐は引き締まった顔になり、

「本当に敬服する。天皇の命《めい》でかくも粛然かつ整然と戦争を終えたことに本当に驚いた」

と答えた。テンチ大佐も潔くうなずいた。

銓一はここで軍票問題を切り出そうと思った。津島蔵相の意を受けた橋本龍伍《りょうご》秘書官（後に厚生大臣等、橋本龍太郎氏父）から軍票の撤回をお願いしてほしいと頼まれていた。東《ひがし》　久邇宮《くにのみや》稔彦王《なるひこおう》首相からマッカーサー元帥に対して三度も打電陳情したが、一向に返事がないという。橋本秘書官は先遣隊長に直接陳情しようと厚木に来ていた。

銓一は、つい数時間前まで、先遣隊に自分の知り合いがいるなどと夢にも思っていなかった。だが、今、目の前には、昔の仲間であるテンチ大佐とダン大佐が座っている。現実とは思えない光景である。

絶好の機会であると思った。有末中将からも陳情しているかも知れないが、自分からも頼んでみようと、銓一は切り出した。

「時に、あらたまってご相談があるのだが」

「なんですか？　大隊長殿」

「我が国の国家的な重要な問題で、とくに大佐殿に力になってもらいたいことがあるんだ」

「国家的とは、大げさな表現を……」

「いや、本当に国家的な問題なんでね。軍票の件だ。貴殿たちが軍票を使うと、日本経済は破綻してしまう」

「その件なら、有末中将から聞いている。先遣隊は飛行場以外では軍票を使わないことを約束しました」

有末中将からも頼んでくれていた。銓一は、再度頼んだ。

「軍票を何らかの方法で中止できないだろうか。ご助力を願いたいものだが」

ダン大佐が割って入った。

「テンチ大佐、俺がマッカーサー元帥なら、他ならぬ大隊長殿のために、撤回してやるがね」

ダン大佐にテンチ大佐が応じた。

「ダン大佐の友情の厚いことに敬意を表して、同意することにしよう。二対一ではかなわんからね。どうなるかはわからんが、元帥に伝えるよ」

奇跡的な「再会」による戦後の始まり

くつろいだ食事時間が終わり、午後になって会議室で、先遣隊と接伴委員の詳細な打ち合わせが行なわれた。後続部隊の受け入れを万全なものとするためである。

打ち合わせ内容は、

一　飛行場整備
二　治安維持
三　進駐軍の宿舎
四　運輸、交通の円滑
五　通信・報道・放送の設備完備

などであった。

神奈川県庁の所管事項もあるため、会議には神奈川県の藤原孝夫知事にも参加してもらった。当時日本は水不足であったが、藤原知事は「横浜市民が飲むのを減らしても占領軍に優先的に給水する」と申し出た。藤原知事の好意に先遣隊一同は感激していた。アメリカ軍は必要なすべての物資を日本に持ち込み、日本で徴発することはしないとし、アメリカからの補給路を確保させていた。だが水だけは必要としていた。その水を日本人が我慢しても優先的に都合すると聞いて、とても喜んでいた。

テンチ大佐、ダン大佐は、工兵将校（エンジニア・オフィサー）である。マッカーサー元帥が先遣隊として送り込んできたのは、工兵将校が多かった。それは、最大の関心事が滑走路の状況だったからだ。

マッカーサー元帥らは、大型の四発機で乗り込む予定だったので、大型機が事故なく着陸できるかどうかを彼らは気にしていた。また、マッカーサー元帥の到着する八月三十日には、朝から晩まで三分間隔で約百五十機が着陸予定だったから、なおさら滑走路のコンクリートの強度が重要だった。

厚木飛行場には第一陣先遣隊が輸送機で次々に到着した

銓一は、工兵将校でありコンクリートの専門家であるから、滑走路の状況については詳しく説明することができた。お互い工兵同士、話は早かった。

もともとアメリカ軍では、工兵の地位が非常に高い。科学技術に精通していなければ戦争には勝てないという考え方の国である。ウェストポイントの陸軍士官学校卒業者で優秀な者はみな工兵を志願する。マッカーサー元帥もウェストポイントを首席で卒業し、工兵少尉として任官した。少尉としての最初の任地フィリピンでは、測量、港湾改良、要塞構築、道路建設などに携わっている。工兵に対する信頼が非常に厚い最高司令官であるから、工兵将校たちを先遣隊として送り込んできたのである。

先遣隊隊員は、燃料や修理備品、通信設備などを次々と輸送機から降ろした。先遣隊約百五十人を運ぶためだけなら、輸送機の数は少なくてもいい。先遣隊が合計四十六機もの輸送機を連ねてきたのは、様々な物資を運び入れるためだった。

最初に通信設備を設置し、沖縄との簡単な連絡が取れるようにした。さらに、大型機に本格的な無電装置を特設し、沖縄、マニラと連絡が取れるようにした。彼らはマニラから沖縄に入り、沖縄から厚木に飛行してきた。後続部隊も、マニラから沖縄を経由して厚木に入る。

通信設備が整うと、テンチ大佐は、マニラの総司令部に第一報の電報を打った。

「日本政府代表の接待及び諸施設の準備は、完全に我が意を満たすものである。ご安心を乞う」

マニラの総司令部では歓声が上がったそうである。参謀たちは十中八九うまくいかないだろうと思っていたからだ。関東平野には武装解除の終わっていない日本軍が、二十二個師団約三十万人も残っていた。先遣隊将兵百五十名は覚悟を決めて乗り込んできたが、送り出した司令部も覚悟をしていた。

先遣隊の電報を受けて、総司令部では奇跡が起こったと受け止めた。折り返しマッカーサー元帥から厚木に祝電が届いた。

「先遣隊の奇跡的無事を心から満足し、前途の光明を祝し、併せて、神の加護に感謝す」

テンチ大佐は、銓一にすぐに伝えてくれた。

「喜んでくれ。先ほどマニラに第一報を電報したところ、マッカーサー元帥からの返事があった。『パーフェクト・サティスファクトリー（心から満足）』という電報だった」

テンチ大佐も満足げな顔をしていた。

銓一は、テンチ大佐が非常に好意的な電報を打ってくれたことに感謝した。と同時に、マッカーサー元帥の返信を聞いてホッとした。これがマッカーサー元帥の日本占領における第一印象となったはずである。これはとても重要なことだった。

その後、テンチ大佐は、マニラの総司令部宛てに軍票の件で電報を打ってくれた。

マッカーサー元帥からは

「日本経済復興を考慮し、軍票の件は、すみやかに善処するであろう」

という返電が来た。

マッカーサー元帥らの後続部隊が到着するまでにあと一日半。課題は山積していた。接伴委員と先遣隊は、夜遅くまで様々な観点から協議を行なった。

ようやく長い一日が終わった。夜、銓一は手帳にこう記している。

「八月二十八日
一六機の輸送機到着。

先遣隊長テンチ大佐と歴史的会見をなす。連絡委員との会談は頗る円滑に行われし。

テンチ大佐他各将校も満足の意を表しあり。

エンジニア・オフィサー多く、フォート・デュポンの話も出て先方は安心の程なり。夜遅くまでミーティングを続行す」


終戦から約二週間後に、日本の軍人もアメリカの軍人もこのような奇跡的な再会が起こるとは予想もしていなかった。スターリンも、まさか厚木でこんなことが起こっていたとは想像もしていなかっただろう。

予想していた者がいるとすれば、それはマッカーサーだけかも知れない。

第二章

人生最期と決めた日に「皇室をお護りせよ」の密命

北京で迎えた昭和二十年八月十五日

終戦時、銓一は北京にいた。

八月十五日は重大な放送があると聞いており、朝から放送を待っていた。雑音で聞き取りにくいラジオに必死に耳を傾けた。聞こえないところが多かったが、「忍び難きを忍び」の一句ははっきりと聞き取れて、異常なショックに駆り立てられた。天皇陛下（昭和天皇）の玉音《ぎょくおん》放送が流れるにつれ、陸軍軍人として申し訳なさでいっぱいになり、涙があふれてきた。

つい一週間前までは、日本が戦《いく》さをやめ降伏するとは考えてもいなかった。八月九日にソ連が参戦したことで、ますます決意が強まり、決死の覚悟で戦うと決めていた。重大放送というのは、ソ連への宣戦布告だと思った。

十一日に日本が〝無条件降伏〟するという情報が入ってきたが、デマに過ぎないと思っていた。手帳には、「日本が連合軍に無条件降伏せる旨のデマが飛ぶ。ロンドンにては戦勝祝賀会を行ひたると聞く。笑止千万なり」と書いている。「日本が降伏などするはずがなく、我々は命を賭けて戦い抜くのみ」

しかし、事態は違った。陛下から戦争中止の命が下されたのだ。

ああ、これで皇国が滅びてしまう――。鉄道司令官だった銓一は、指揮官の一人として責任を感じていた。このままおめおめと祖国の土を踏むことはできない。阿南惟幾《あなみこれちか》陸相が自ら命を絶ったという情報も入ってきた。

銓一は武人として覚悟を決めた。そして当番兵に松尾軍医少佐を呼びにいかせた。

目を閉じて待っていると、

「閣下。火急のご用件とは何でありますか」

という声がした。

「おお、松尾軍医。すまんが極秘のうちに毒薬注射を用意してもらいたい」

松尾軍医は銓一の言わんとすることがすぐにわかった。

「閣下、そのようなことは断じてお受けすることはできません」

「松尾、僕の胸中を察してくれたまえ。僕の命令で死んでいった部下の忠霊を思うと、どうして自分だけ祖国に戻れるか。頼む、武士の情けだ」

「閣下、松尾にはできません。他の軍医に申しつけていただきたい」

「僕の決意は、信頼する君だから打ち明けるのだ。つらかろうが、僕の最後の望みを叶えてくれ」

うつむいた松尾軍医は忍び泣き、肩をふるわせていた。

死より重い「新たな使命」

銓一の願いは叶わぬまま、日が流れた。

松尾軍医を苦しませてしまったことは、誠に申し訳ない。だが、四十八年間生きてきた最期《さいご》の日がようやく訪れた。松尾軍医が聞き入れてくれ、三時間後には毒薬注射を準備して鉄道司令官官舎に持ってきてくれることになっていた。

そのとき、電話が鳴った。

「閣下、司令部副官殿からお電話です」

当番兵は、直立不動で銓一に電話を取り次いだ。電話に出ると、北支那方面軍司令官の下村定《さだむ》大将からの命が出たという。

「えっ、なんだって! 東京へ赴任命令? 何かの間違いではないのかね」

「いえ、間違いありません。兵器行政本部付として、至急上京せよとのご命令です」

電話を切ると、銓一はソファに深々と身を沈め、目を閉じた。

終戦が決まった今、兵器行政というのは何をするのか。兵器の廃棄をするのだろうか。自分に何ができるのか。

覚悟を決めた身である。上官の命令は重いものではあるが、死の決意は揺るがなかった。

そのとき、玄関のベルが鳴り、当番兵がドアを開けた。

「閣下！　宇佐美総裁がご面会を申し入れています」

その声で銈一は再び目を開いた。

「お通し、いたしますか？」

華北交通の宇佐美莞爾総裁とは公私ともに親しく交際してきた。最期のお別れをしよう。

「お通し、したまえ」

入室すると、宇佐美総裁は椅子にもかけずに、いきなり話し始めた。

「実は、松尾軍医から内々で打ち明けられ、こうして飛んできたのです。ご心境はお察しします。しかし、閣下に思いとどまっていただきたいのです」

宇佐美総裁は椅子に座り、吹き出す汗を拭いた。冷たいジュースを飲みほして、一息入れると、今度は穏やかに話し始めた。

「東京への帰還命令が出たと伺っています」

「その通りです」

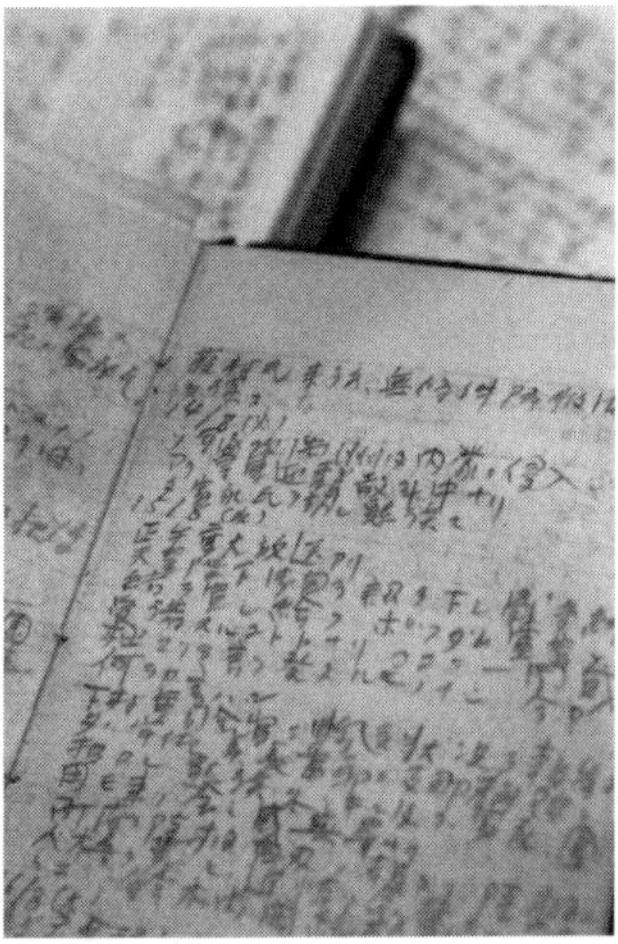

鎌田銓一の日記より、1945年8月15日の記述が見える

「これは、閣下にしかできぬ任務です」

「どういうことですか」

「連合国のポツダム宣言を受諾した日本は、ご皇室の安泰を確実に保証できるかどうかわからない状況のようです。ご承知のように、ソ連が参戦し、スターリンの発言力が高まっています。彼は日本の皇室撤廃が持論であると聞いています。私はこれを最も恐れています」

宇佐美総裁はさらに続けた。

「閣下は、アメリカの連隊に勤務されたことがあり、マッカーサー元帥ともご知己であると伺っています。ぜひ、マッカーサー元帥に対して万世一系の皇室を護持するよう懇請していただきたいのです。これは日本国民の総意です」

「ご皇室のために私にできることはすべてやります。ですが、今の私にはそのような力はありません。せっかくのご説得ですが、私が命じたことで死んでいった部下のことを思うと、自分だけがおめおめと安息をはかることなどできないのです。どうか、私の決意のままにさせてください」

「ご信念には頭が下がりますが、数千年来の尊い皇統の存続は、日本国家再建のために最も重要なことです。それゆえに、閣下を重要任務に起用することを決めたと、うかがっています。ご皇室のために、国家のために、閣下のご決意をしばしの間、延ばしていただけないでしょうか。重要なるお役目に生命を賭けられますよう、私からも曲げてお願いいたします。どうか、御短慮を思いとどまってください」

皇室と国家のために生命を賭ける。宇佐美総裁の言葉は銈一の心に響いた。

残された時間はわずか一週間

そのころ、日本政府、アメリカ政府、マニラのマッカーサー司令部との間で着々と降伏に関する協議の準備が続けられていた。

日本の降伏受諾に対して米国務省は、「ただちに降伏を伝える日本政府の使者を最高司令官のもとに送ること」と日本政府に回答していた。

その回答内容は、マーシャル陸軍参謀総長からマニラのマッカーサー司令部にも伝えられた。マッカーサー司令部はすぐに日本政府に対して最初の電報を送った。ただ、この時点ではは日本政府との間に連絡ルートができていたわけではないので、「この電報を受け取ったら、記載した周波数で連絡して欲しい」というものだった。

日本からの返信があり、連絡ルートが確認された。日本宛に「ただちにマニラの司令部に使者を送るように」と第二の電報が打たれた。日本側は、使者を送ることを受諾し、また、天皇陛下が軍に対して敵対行為を停止するように命じた旨も連絡した。

マッカーサー司令部と日本政府との電報のやりとりは、その写しがすべてトルーマン大統領のオフィスに届けられた。

『トルーマン回顧録』によれば、この間の電報のやりとりを見て、「明らかに日本側が連合軍側に対して、不穏な事件や戦闘を起こしてはならず、これを避けようとした」と認識できたようである。

マニラに送る使者として、日本側は陸軍参謀本部次長の河辺《かわべ》虎四郎中将を全権委員として、天野正一陸軍少将、横山一郎海軍少将、外務省岡崎勝男調査局長らを随員とした。日本側代表団は、八月十九日にマニラに入った。

マニラ会談で、日程などが協議され、その中でマッカーサー司令部は厚木飛行場の滑走路のコンクリートの厚さを聞いてきた。代表団には正確に答えられる者はいなかった。

日本側は受け入れ準備に時間がかかることを伝えて、日程延期の交渉を続けた。いくぶ

ん延期が認められたが、二日間にわたる協議の結果、

八月二十六日　先遣隊厚木飛行場到着

八月二十八日　最高司令官及び随行部隊厚木到着

　　　　　　　海軍部隊横須賀上陸

と日程が決まった。先遣隊到着まで、一週間もなかった。

東久邇宮が手をついて

八月二十二日、銈一は帰国するため、北支那方面軍司令官の下村定大将とともに北京の空港に向かった。下村大将は陸軍大臣に就任することになっていた。

天皇陛下から「時局の収拾」を託されて就任した東久邇宮総理は、陸軍幼年学校時代からの親友であり信頼する下村大将を陸軍大臣に選んだ。後に書かれた東久邇宮の手記には「このような困難な私の任務を助けてくれるのは、下村君以外にないと思った」とある。

その下村大将の命令によって、銈一は帰国することとなった。

途中、給油や整備などに手間取り、東京の調布飛行場に着陸したのは二十三日の午前八

時三十分になった。この飛行機は、マッカーサー司令部からすべての日本機のプロペラを外すように指示されたため、日本が飛ばすことのできた最終機だった。この飛行機も着陸後すぐにプロペラが外されたのである。

銈一は、下村大将とともに自動車に乗って市ヶ谷の大本営に向かった。目に飛び込んでくる東京の町は見るも無惨な焼け野原だった。

八月二十三日は、奇しくも銈一の誕生日。

北京で人生を終えるつもりだったが、四十九歳の誕生日を迎え、五年ぶりに祖国の地を踏んでいる。車窓を眺めながら銈一は思った。

生かされた身。この身を皇室と祖国のために尽くそう——。

市ヶ谷に着き、大本営に出頭すると、そこには政府要人が来ていた。

その場で、政府としてアメリカの先遣隊を迎える接伴委員長に推挙したので引き受けてほしいと打診されるのである。

「私は、今朝、命令によって帰国したばかりです。米軍接伴委員長にご推挙いただいたのは光栄ですが、外地勤務が続き、中央政府の情勢を知らない自分には委員長などは思いもよらない重要任務です。辞退させていただきたく思います」

政府要人は銈一に強く迫った。

「敗戦で混乱している日本に米軍の第一陣が進駐してくる。どのような占領指令を先遣隊長が総司令部より持ってくるか予断を許さない。それゆえに、我々政府としては、米軍の気質を知っているあなたを委員長に推挙した次第だ。曲げて委員長を引き受けていただきたい」

話を聞くと、他に推挙されている候補者は有末精三中将だという。彼は士官学校、陸軍大学を優等で卒業し、中央では軍務局軍務課長や参謀本部第二部長を務めている。

銈一は有末中将を推した。

「有末中将は、士官学校時代の同期で有能な人物です。彼に委員長をお願いしてください。自分でできることならば、その労はいといませんが、今朝、北京より着いたばかりの身で、政府の意向を十分に承知しておりません。

この任務は外交手腕を必要とします。久しく野戦の部隊長であった私には外交的手腕が欠けております。有末中将なら、中央部に長くおり、しかも外交的手腕を持っていますので適任です。鎌田は彼の補佐を務めます」

「あなたの謙虚な気持ちは理解しますが、有末中将はイタリアで武官をやったので、ファッショ的色彩があるように米軍に誤解されるのではないかと政府は危惧しているのです」

「お言葉を返すようですが、米軍はイタリアに勤務したことをもって、ファッショであると色眼鏡で見るような狭量ではないと思います。きちんと説明すれば納得する寛容を持っています。ぜひとも、有末中将を委員長にしていただくよう、私からも特にお願いいたします」

政府要人は持ち帰って検討すると言った。

銓一は、政府要人との話し合いを終えると、その足で参謀本部第二部長室の有末中将を訪ねた。久しぶりの同期の再会であった。

有末中将は、銓一を委員長に推して自分は補佐をすると言い張った。銓一は、「国内の事情がわからぬ」と言って、自分が補佐をすると言って譲らなかった。

その日の夕刻、政府によって決定が下された。「接伴委員長・有末精三中将、接伴副委員長・鎌田銓一中将」

決定後に銓一は、特使としてマニラに赴いた参謀次長の河辺中将と、委員長に決まった有末中将に誘われた。両中将が銓一のために誕生日祝いをしてくれるという。

食事をとりながらのちょっとした宴が設けられた。北京で死のうと思った身、それが今、心温まる誕生祝いをしてもらっている。銓一はとてもうれしかった。

この場で銓一は河辺中将から意外なことを聞いた。

マニラでの米軍幕僚たちとの会談の際、彼らは銓一の消息を尋ねてきたという。そのうえで「マッカーサー元帥の意向で、先遣隊の出迎えにはセンイチ・カマダが委員長となることが望ましい」と言われたというのである。総司令部の意向を聞いて、日本政府は慌てて銓一を呼び戻したようである。

事情も知らずに銓一は委員長を断ってしまった。マッカーサー元帥の意向に反してしまったのではないかと少し不安になったが、副委員長として委員の一員には加わることはできた。しかし本当に自分がこの大役を担って良いのか、銓一の心の中にはまだそんな葛《かっ》藤《とう》があった。

河辺中将からは、「鎌田中将が間に合って本当によかった」と言われた。確かに、銓一が乗ってきた飛行機は、最後の一機だった。銓一への命令が一日遅れていたら、飛行機のプロペラは外されていて、空路では日本に戻ってこられなかった。まさに、間一髪のところで委員に加わることができたのである。

河辺中将　有末中将との会食の後、宿泊することになっていた陸軍の施設、偕行社《かいこうしゃ》に行く前に、銓一が立ち寄ったところがある。それは空襲で家を焼け出された息子が身を寄せる、親戚の家だった。親族との束の間の再開を果たした銓一は、陸軍士官学校の生徒であった息子の勇とともに偕行社に向かった。

偕行社についた銓一は、息子とともにある和室に通された。そこで待っていたのが、時の内閣総理大臣、陸軍大将、東久邇宮稔彦王であった。会話を交わす中で、銓一は、日本の将来を想う総理の堅い決意を知った。

総理は、硯で墨をすり、空で何かを書く仕草をしながらこう言った。

「今私はこうして、い、ろ、はの〝い〟の字を書き始めたところです」

じっと見つめる銓一のまえで、今度はおもむろに畳に手をついて、

「どうかよろしく頼みます」

慌てて総理に頭を上げて頂きながら、銓一は　ますます意気に感じずにはいられなかった。

この職務に全力を尽くそう――銓一はとうとう決意した。

総理は国体の護持と、新日本の建設のためには　米軍との調整がきわめて重要だと考えられたのであろう。

い、ろ、はの「い」、その一言が銓一の背中を強く押したのである。

厚木飛行場は惨憺たる状況

翌二十四日の朝、銓一は、梅津美治郎《よしじろう》参謀総長から接伴副委員長として有末中将を補佐

するようにとの正式な訓令を受領した。

午後から各委員が陸軍省に参集して顔合わせをし、自動車やトラックに分乗して厚木に向かった。自動車やトラックといっても、敗戦した日本に残されていたのは、わずかな台数であり、それも故障した車ばかりだった。

厚木への道のりは長く、道路上には物が散乱していたり、人が出ていたりして、なかなか進まなかった。整備不良のため、自動車は所々で止まってしまう。立ち往生続きで、委員一同、気ばかり焦った。

厚木に近づくと、撤退を命令された日本軍の車両や復員軍人で溢れかえって、身動きがとれなくなった。銈一は、彼らを見るにつけ敗戦の悲哀をしみじみと感じた。その中を縫うようにして厚木飛行場にたどり着いたときには、日の長い夏でも、もう薄暗くなっていた。

その頃厚木には不穏な空気が流れていた。

航空隊の中には、「降伏は陛下の御心ではなく、側近の奸賊《かんぞく》が謀略を弄《ろう》したもの」という趣旨のビラを散布した者もいた。これには上官が説得に当たったが、そのとき隣室には日本刀を握りしめて聞き耳を立てている者がおり、何かあれば斬りかからんとする状況だったという。

降伏に納得せず、家族とともに壮烈な自刃《じじん》を遂げた者もいた。激情を抑えるために、真夜中に小銃やピストルを空に向けて撃つ者もいた。

厚木飛行場は、若い将兵が憤慨のあまり乱暴狼藉を極め、建物は惨憺《さんたん》たる有様であった。滑走路上には、航空機の残骸や壊された建物の破片が散らばっていた。日本機はプロペラをすべてはずすように指令されていたが、搭乗員たちの悔しい思いを表すかのように、プロペラ類は飛行場に散乱していた。

銓一たちより先に、厚木飛行場に派遣された山澄忠三郎海軍大佐らは、どこから片付けていいかわからない状態だったらしい。

戦時中なら海軍大佐が一言命令すれば、海軍兵士は整然と動いた。地元の人もみな協力した。しかし、敗戦後にはそういうわけにはいかなかった。軍の命令など誰も聞かない。作業員集めすらままならない状態だった。

地元の人たちはいくら頼んでも聞き入れようとしない。それもそのはずである。撤去作業に携われば、作業員は反乱軍に殺されかねなかったからだ。

彼らが口々に言ったのは、

「飛行場内にばらまかれた残骸は、基地の兵士たちが米軍の進駐を妨害するために、わざとやったものだ。それを撤去しようものなら、俺たちが斬り込まれる。こんな危ない仕事は絶対にできない」

　それでも海軍将校たちは誠心誠意伝えた。

「これは天皇陛下の特使がマニラに出向いて約束したことだ。片付けて着陸できるようにしないと陛下の責任にされてしまう」

　意気に感じてくれる人が出てきた。ある親分が
「天皇様にご迷惑がかかるとは知らなかった。俺は命を投げ出してもやる」

　と言って、地元の建設作業員を集めてくれた。彼らの力を借りて、滑走路上をきれいに片付けることができた。

　銈一たちが厚木に向かうとき、「厚木飛行場の一部の者が徹底抗戦のため機関銃を持って近くの山に入った」との情報も入ってきた。暗くなってきた厚木飛行場で、銈一は薄気味悪さを感じていた。

　接伴委員たちは山澄大佐から、これまでに処置したことや、現地の情況を詳しく説明してもらった。その話を聞いて銈一は光明を見る思いだった。

　終戦の翌日十六日に、天皇陛下は各地で確実に停戦をさせるために、竹田宮殿下、朝香宮殿下、閑院宮《かんいんのみや》殿下に、思召《おぼしめ》しを現地軍に伝えるようにお命じになった。殿下らが各地に飛んで現地軍に思召しを確実に伝えたことで、現地軍はみな矛《ほこ》を収めた。

騒乱の起こっている厚木の航空隊に対しては、天皇陛下の弟宮の高松宮殿下が陛下の思召しに従うように伝えられた。

高松宮殿下は、宮城《きゆうじよう》を占拠しようとした陸軍将校にも、

「国体を護るに武力をもってせんとするはもはや誤りなり」

との考えをお示しになっている。

銓一に与えられた新たな使命は、まさに武力以外で国体を護持することだった。

日本人の飢える中、米軍食糧を用意

高松宮殿下、山澄大佐らの懸命な努力によって、厚木は平穏を取り戻しつつあるようであった。

だが、建物のガラスは破られ、机も椅子も壊されて見る影もない。水道管が壊れて水は出ない。電灯もつかない。電話線はズタズタに切られてしまっていて、どこにも連絡は取れない。滑走路上だけは障害物が除去されていたが、建物内はひどい有様だった。

二十六日朝には米先遣隊が到着する。残された時間は三十時間しかなかった。

接伴委員一同は分科会に分かれ、集会所のろうそくの灯の下で、警備、飛行場整備、先

遣隊の宿泊施設、通信連絡、自動車整備などについて夜を徹して協議した。

問題は山積みだった。

最も重要なのは、警備だ。飛行場の反乱はようやく収まりかけたが、厚木に向かう道路上には、「徹底抗戦！」「マッカーサー機へ体当たり！」といったビラが散乱していた。「マッカーサーを殺せ」と騒いでいる若者もいた。「マッカーサー、マッサーカー」と連呼している者もいた。

不穏な空気が残っていては日本の将来は変わってしまう。銃声が鳴り響けば、日本は連合軍の過酷な軍政下に置かれ、天皇制度の護持など夢のまた夢になる。それどころか、アメリカ国民の間に天皇の戦争責任論が広がってしまう。

幕末に起こった「生麦事件」では、わずか数名の血気にはやる武士の行為が薩英戦争にまでつながってしまった。その二の舞にならないようにしなければならない。

陸海軍は、内務省警保局、神奈川県警察部、地元を管轄する憲兵隊に協力を依頼した。各組織は手分けして、周辺の民家や工場をしらみつぶしに訪問し、銃砲や軍刀の有無を調べ、ほぼ危険はないことが確認された。

飛行場内には、先遣隊や進駐軍を守るために警備兵を配置した。警備兵に銃を持たせると米軍に疑われるので、警棒を所持させるというように心を配っていた。

第二の大きな問題は、滑走路、誘導路の整備だった。これは、土木技術の専門家である銓一の仕事である。滑走路内の障害物は撤去できたが、大型機が着陸・移動できるように整備するのは容易なことではなかった。陸海軍が協力し、地元の多数の作業員の力も借りて、人海戦術で徹夜の工事が行なわれた。銓一は「せめてブルドーザーが一台でもあれば」と思った。

第三の問題は、宿舎と食料。先遣隊は約百五十人が予定されており、その後数日間で約三千名が進駐してくる。少なくとも百五十人の宿泊施設と食料は用意しておかなければならない。

飛行場隣接の宿舎は、ガラス窓はたたき割られ、器物が散乱している。米軍に使わせないためだ。宿泊できそうな宿舎は残っていないし、非常に頭の痛い問題だった。わずか一日半で百五十人分の宿泊施設を用意できるのだろうか。

米軍で大隊長を務めた経験のある銓一は、先遣隊は食料を持参し、自前で宿泊できる設備を用意してくると予想していた。だが、その予想が外れるかもしれず、準備だけはしておかなければいけない。委員たちは途方に暮れた。

三千人分の食料を三食出すには膨大な量が必要となる。彼らは日本人と違って良いものを食べている。「こんな粗末なものを食わせる気か」と思われてしまったら、何が起こるかわからない。食べ物の恨みほど恐ろしいものはない。

しかし、日本人とて食べ物に困っているのに、米軍に大量の食料を提供できるのか。非常に頭の痛い問題だった。

委員たちは明け方まで協議と作業を続けた。

残された時間はあと二十四時間

夜が明けた。二十五日は朝から雨が降り続いていた。これでは滑走路整備の作業も進まない。銓一は途方に暮れて、天を仰いだ。

雨の合間を縫うように、ときどき米軍の戦闘機が上空に飛んできた。偵察のためであろう。準備がはかどらぬまま、イライラが募る。

だが、恨めしい雨が幸いした。二十五日の夜になって、悪天候のため飛行に適さないと判断したアメリカ軍は延期を通告してきたのである。

「先遣隊の派遣を四十八時間延期する」

大本営経由でこの通告を聞いた接伴委員たちは、ワーッと大きな歓声を上げた。銓一は「天佑だ」と叫んだ。

アメリカ軍を迎え入れるに当たって、委員たちは広い飛行場内をくまなく検査した。危険な場所があれば、対処しておかないといけない。

ある場所で、委員たちが足を止めた。そこには、地下壕の入り口があった。

地下壕のことは知らされていなかった。壕内に降りていって銓一は驚いた。かなりの大人数が収容できそうな大きな地下施設だった。

その地下施設は水位と土質の関係のためか、工事はきわめて簡素。掘りっぱなしで土が剝き出しになっており、覆いすらなかった。

しかし、調度品は、陸軍では見たことがないような豪華なものまであった。室が区切られており、寝台、机、カーテンなどどれも立派なものが備え付けてあった。洋服ダンスまで備えてある。通風施設、排水、照明も完備されていた。来たるべき決戦に備えるためか、食料貯蔵庫には缶詰などの食料物資が大量に貯蔵されていた。

食料が貯蔵されていることはありがたかった。一番頭を抱えていた食糧問題がこれでかなり緩和された。

しかし、新鮮なものは備蓄されていないので、肉類、牛乳、野菜、果物などは揃えなければいけなかったが、当時これらの食料品は非常に高騰していた。闇ルートを使えば集まるかもしれないが、政府としては正規ルートを使わざるを得ない。

全国各都道府県に協力を求めてかき集めたとしても、厚木に到着するまでには一カ月はかかる。新鮮な食料の手配に関しては、藤原神奈川県知事に全面協力をお願いした。


銓一は、厚木に来るまでは、宿泊施設として飛行場隣接の宿所を利用できると思っていた。戦災を免れた相当立派な木造建物があると聞いていたからだ。ところが、建物内は荒れ果てていた。戦況が悪化する中、地上の建物を使わずに、地下壕で執務が行なわれていたのかもしれない。

地下壕に宿泊してもらうことも検討したが、壕内は土が剝き出しであり、先遣隊の宿泊には使えそうもなかった。そこで基地隣接の木造建物を二日間で急いで手入れし、使えるようにせねばならぬ。まずは清掃。寝具を運び入れるのはそれからだ。長い間使っていない様子で、大量の埃をかぶり、トイレには悪臭が漂っていた。海外の人はトイレの清潔さを気にする。有末中将は海外赴任経験がありそれをよく知っていた。彼は、率先して便所掃除をし、銓一も続いた。二人は軍服の上着を脱いで、汗だくになりながら掃除をした。

炊事場は特にきれいにしなければならない。暑い時期であり、衛生面に気をつけなければならない。食事で体調を崩す兵士が出ると、意図的な行為とみなされるかもしれないので清潔にしておく必要があった。

厚木には、接伴委員と厚木飛行場の将兵を合わせても、二百人ほどしかおらず、まったく人手が足りなかった。

聞けば、近くに海軍工場がありそこで台湾人五千人ほどが働いていたから、彼らに頼んでみることにした。しかし、治安悪化の噂のある厚木飛行場では働きたくないという。彼らは一刻も早く台湾に帰ることを希望していた。

彼らを無理に働かせれば、強制労働とみなされてしまう。

こういうときには相手の気持ちをよく聞いて不安を和らげ、報酬を増やすしかない。そこで「あなたたちの安全と財産は必ず守る」と約束し、割増賃金を乗せて、二日間限定で協力してもらうことにした。

だが、彼らは熱意がないため、働きが悪く、作業は遅々として進まなかった。叱咤激励しても何の効果もなかった。


また、将校用にはベッドを運び入れ、兵士用にはハンモックを使うことを考えた。アメリカ人は体が大きいから日本人用のベッドではサイズが小さくて窮屈だ。急遽、帝国ホテルや丸の内ホテルからベッドを借りることにしたが、戦後はトラックの数が限られており、ガソリンも不足していたため、なかなかベッドは届かなかった。

アメリカ人の口に合う料理をつくるコックも探さなければいけなかった。各ホテルに頼んでみたが、多くのコックは進駐軍を怖がって引き受けてくれなかった。

だが、日本人の中には意気に感じてくれる人がいるものである。

「進駐軍に日本の調理人の腕前を見せつけてやる」

と、協力してくれる調理人が現れた。後に半蔵門の東條会館の料理長となった竹田新七料理人である。

こうして接伴委員たちは、猛暑の中、精魂の限りを尽くして準備に取り組み、何とか受け入れの準備を整えたのである。

準備はできた、あとは祈るのみ

残された問題は、先遣隊をどこで迎えるかだ。

委員たちには、先遣隊隊長が到着したら、すぐにトラックで迎えに行って、室内に案内すべきという意見が多かった。

銈一はこれに反対した。

「飛行場の一カ所に天幕を張って、まず先遣隊長にそこに入ってもらって、後続部隊の指揮をとれるように便宜を図るべきだ」

それに対して、ある委員がこう主張した。

「炎天下であるから、涼しい室内に入ってもらったほうがいいのではないか。天幕の準備もしていない」

銈一はひるまなかった。先方のしきたりを尊重することこそ、第一印象を決定づける。

「本職が米工兵第一連隊で勤務した経験からすれば、責任感の強い米軍の隊長は、後続部隊将兵が着陸するまでは、野外で指揮をして、それぞれの部下に指示を与える。それが完了しないうちは、決して屋内に入らない慣習である。天幕を用意し、そこで野外指揮を執れるように便宜を図ることが必要と考える」

先方の慣習を尊重するという言葉には説得力があった。先遣隊長の出迎えは、天幕内で行なうことになり、急いで近所の学校や工場に天幕を借りに行った。幸い、丈夫な天幕を持っている工場があり、事情を話して借り入れた。

日本人は、重要なお客様を迎えるのに、野外の天幕内で迎えるのは失礼に当たると考える。しかし、銈一は相手のしきたりに合わせるほうが重要だと考えた。

そもそも、日本兵を信用していない米軍兵士たちは、くまなく検査してからでなければ室内には入らない。それよりも、見通しの良い天幕のほうが、相手は安心できるはずだ。天幕の準備が終わり、すべての準備が整った。あとは、明日の先遣隊到着を待つばかりである。

銈一は皇居の方角に向かい、目を閉じて皇室と日本の安泰を祈った。

銈一はこれまでどんな人生を歩んできたのか。次章からはしばらく彼の足跡を振り返ってみることにしよう。

第三章

「技術」を学んで国にご奉公したい

資源が乏しい日本を支えるのは技術

鎌田銓一は、明治二十九年（一八九六）八月二十三日、神戸市で生まれた。父孝二郎は裁判所に務める判事、祖父多聞は長崎でオランダ人に医学を学んだ侍医であった。父が神戸裁判所に勤務していたことから、銓一は、小学五年までは神戸で育った。

銓一は軍人になりたいと思っていた。それを両親に話すと、母方の伯父福田馬之助に話をつけてくれた。銓一は、東京に出て馬之助夫婦の家で暮らすことになった。

馬之助は海軍中将だった。造船中将として建艦に携わっていた。大正三年（一九一四）に海軍シーメンス事件（ドイツのシーメンスによる日本海軍高官への賄賂事件）が起こったとき、艦政本部では、松本和中将、藤井光五郎少将ら多くの者が関与していたことが明らかとなったが、馬之助は事件には関係しておらず、定年まで勤め上げた。

馬之助の妻春子が、銓一の母冬子の姉である。春子は非常に賢夫人《けんぷじん》で銓一を我が子のように教育した。

銓一は馬之助の薫陶《くんとう》を受けながら少年時代を過ごすことになった。銓一の人生において、造船中将である馬之助の影響は大きかった。

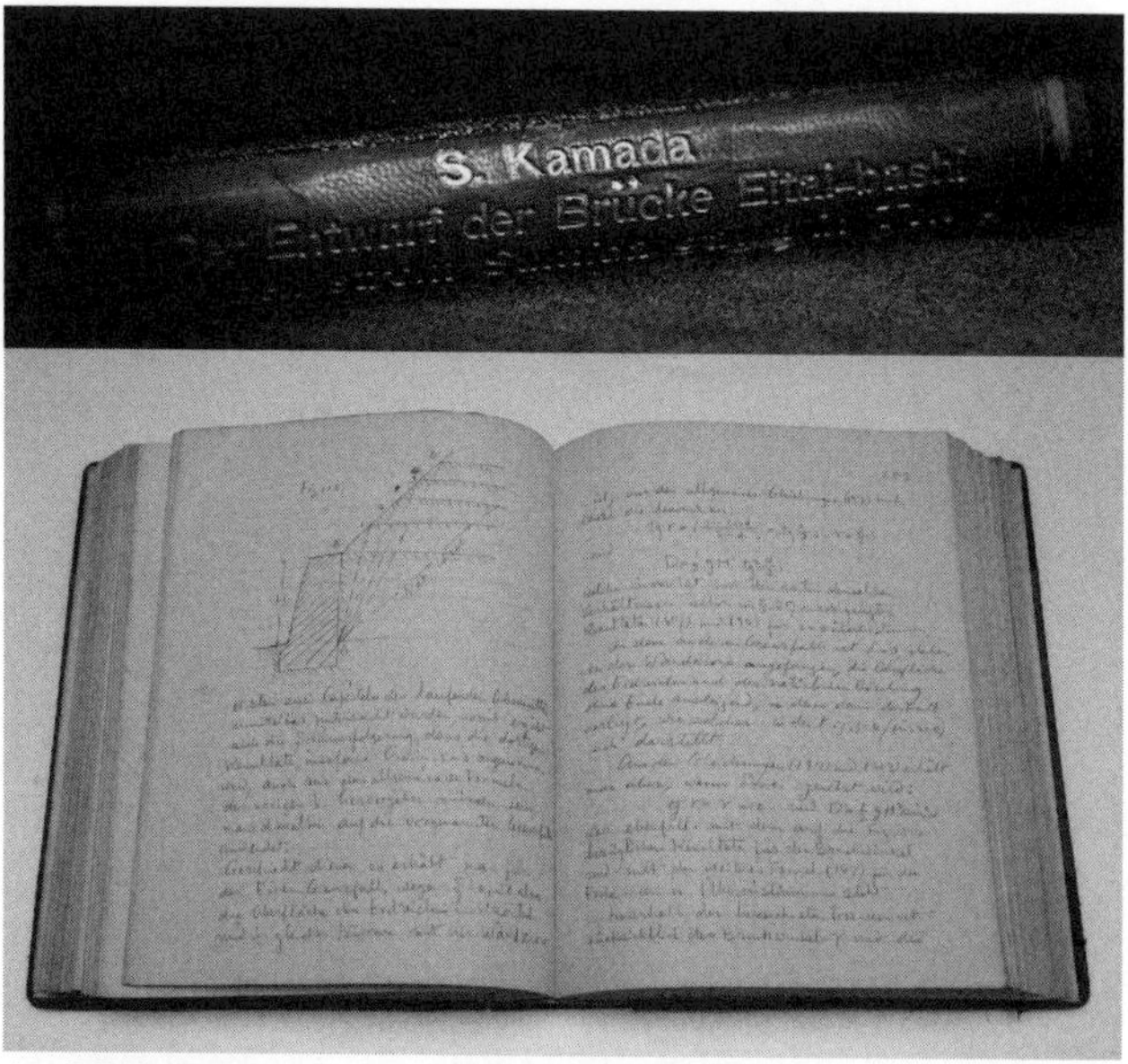

上は永代橋の再建案についてドイツ語で書かれた京都帝国大学時代の卒業論文。下は545頁に及ぶ土木工学関係の論文を書き写したもの

銓一は早稲田中学に進み、二年生のときに陸軍幼年学校を受験した。無事幼年学校に合格し、五年間の修業を経て、工兵科の士官候補生として隊付実習六カ月の後、陸軍士官学校に入学した。

工兵科に進んだのは、伯父馬之助の感化によるところが大きい。技術官だった伯父は、造船中将として世界各国に劣らない軍艦をつくることで、国家に奉仕しようとしていた。銓一は、伯父と同じように「技術を身につけて、御国にご奉公しよう」と考えた。資源が乏しい日本には技術こそが重要になるというのが銓一の考えだった。

当時の陸軍では、陸軍大学校出身者たちが軍中央の出世街道に進んだ。陸大に進むのは、多くは歩兵科の出身者で、技術系の工兵科から陸大に進む者はあまりいなかった。工兵は軍の中枢に進める見込みは少なかったのである。

だが、銓一は出世に対する執着はそれほどなかった。ともかく技術を学び、技術を身につけ、技術で国に奉公したかった。

士官学校を卒業すると、見習士官を経て工兵少尉となった。卒業翌年にはシベリア出征に従軍して、工兵としての実戦経験を積んだ。

帰国後、陸軍砲工学校に入学して学び、大正九年に卒業した。砲工学校で工兵として首席卒業だったため、京都帝国大学工学部への入学を許される。銓一は京都帝大でさらに技術の研究を続けた。

三年間学んだ成果として、銓一は、関東大震災で崩壊した永代橋の再建案をドイツ語で卒業論文に書き、学会から高い評価を受けている。

注目を集めた実弾射撃実験

京都帝大からは助教授で迎え入れたいという申し出もあったが、銈一は、軍に戻った。大正十三年に陸軍築城本部付きとなり、近代要塞の設計に携わることになった。

第一次世界大戦では要塞が勝敗を大きく左右した。軽々と攻略されてしまう要塞もあれば、相手の進撃を食い止める要塞もあった。第一次世界大戦を見て、各国は要塞の重要性を学んだ。

要塞のカギを握っていたのがコンクリートである。世界各国は競ってコンクリートの研究をした。日本ではあまり関心を持たれていなかったが、銈一はコンクリートの研究に没頭している。

当時、コンクリートの世界的権威は米イリノイ大学のタルボット博士だった。タルボット博士の「ヴォイド・レシオ理論」は、簡単に言うと、コンクリートの中にある空隙《くうげき》(水と空気)と、使用するセメントの絶対容積(コンクリート容積から空隙を除いたもの)の最適な比についての理論だった。

銈一はタルボット博士の論文を丹念に読み込み、それを応用して、素材の配合を幾通りも変えながら、コンクリート要塞の設計に当たった。論文を参考に、造っては耐久試験、造っては耐久試験という毎日が続いた。地道な研究であったが、銈一はこうした作業に意欲を燃やしていた。コンクリートの研究こそが国の防衛の要であるというのが銈一の考えだった。

研究一筋で五年が過ぎた。その間に、銈一は陸軍大尉に進級していた。だが、やることは変わらない。ひたすらコンクリートの研究である。

昭和五年（一九三〇）に、陸軍が開発した榴弾砲《りゅうだんほう》の中で最も強力な榴弾砲によって、厚さ二メートル五十センチのコンクリート構造体を破砕することができるか実験をすることになった。

銈一は、最新鋭の巨砲をもってしても破砕されない供試体をつくるために実験を重ねた。工兵の意地にかけて、絶対に壊れないコンクリート供試体を開発しようと取り組んだ。アメリカ式コンクリート理論に独自の工夫を加えてきわめて強度な供試体をつくり、実験当日に臨んだ。

実弾射撃実験の場所には、愛知県伊良湖岬《いらごみさき》が選ばれた。

これだけ大規模な実弾射撃実験はめったにない。軍の中で非常に高い関心を集め、陸軍の元老上原勇作元帥が見学することになった。上原元帥は工兵出身であり、近代要塞の祖である。陸大出の優秀な将官たちも元帥に伴って見学をすることになった。

当日、実験が始まった。

砲弾がコンクリートめがけて撃ち込まれた。銈一は固唾《かたず》をのんで見守った。弾が命中し、コンクリートが砕け散る音が響きわたった。巨砲の威力はすさまじく、コンクリートは完全に破壊されたかに見えた。

無念！　破壊されてしまったか――。

しかし、粉塵《ふんじん》が収まるとコンクリート供試体は、完全に崩れてはおらず、そこにとどまっていた。銓一はホッとした。

巨砲もコンクリート供試体も甲乙つけがたい状況だった。上原元帥はこの結果を満足げに見つめていた。

上原元帥の一言が銓一の運命を変えた

その夜、一行は近くの旅館に宿泊した。銓一たち若手将校は、旅館で打ち上げの宴会を開いた。

銓一は宴会には大きな役割があると考えていた。アルコールはあまり強くはなかったが、楽しく酒を飲むタイプで、いつも盛り上げ係のような役回りになる。その日も、ビールを飲んでいい気分になり、みんなとワイワイ騒いでいた。

別の広間では、上原元帥と幕僚の将軍たちが宴を開いていた。「雷親父」とあだ名された上原元帥と同席では、諸将は楽しめなかったかもしれない。

宴会の途中、元帥は突然、その日の実験のコンクリートについて十問の問題を出して、諸将に答えるように求めた。陸大出の優秀な将官たちである。みんなスラスラと答えて、場はいっそう盛り上がる。そのはずだった。

ところが、諸将はみな黙り込んでしまった。酒が入っていたから頭が働かなかったのではなく、コンクリートのことなど誰も知らなかったのである。

場が静まりかえっているところに、上原元帥の雷が落ちた。

「一問も答えられないとは、なにごとか！　諸君はいったい、戦術の本義を何と心得ているのか。不勉強も甚だしい。このようなざまでは、一朝事《いっちょうこと》あるときに、上御一人《かみごいちにん》に対して、ご奉公ができると思うか！」

そう言い終わると、元帥は諸将に背を向け、二階の自分の居室に戻ってしまった。場には重苦しい空気が流れた。

しばらくして、居室に戻った元帥から副官が呼び出された。

「今日の供試体をつくった主管将校を呼んでこい！」

副官は急いで階段を降り、銓一たちが宴を開いている部屋の扉を開けた。

「盛り上がっているところすまんが、元帥閣下が今日の供試体をつくった主管将校をお呼びだ。すぐに閣下の部屋に行ってくれんか」

宴真っ盛りのときに、誰も雷親父のところになど行きたくない。

「貴様が行け」

「いや、貴様が！」

「冗談じゃない。良い気持ちで飲んでいるのに、そんなところ行けるか。貴様が行け」

誰も動こうとしなかった。

困った副官は事情を話した。元帥の十問の質問に将官たちが誰も答えられず、元帥は怒って部屋にこもってしまった。元帥の機嫌を直すために、コンクリートに詳しい奴に元帥の部屋に行って欲しいとのことだった。

「コンクリートのことなら、鎌田だ」

同僚の大尉が言った。

しかし、銈一はもう酒が回っている。しかも、どてらを着て飲んでいる。どてらのまま元帥の前に出頭することはできない。かといって、今さら軍服に着替えるのもおっくうだ。

銈一が躊躇《ちゆうちよ》していると、同僚の大尉がまた言った。

「鎌田、おまえしかコンクリートのことはわからんのだ。副官殿を困らせるな。軍服に着替えて行ってくれよ」

副官は「ちょっと待っててくれ」と言って部屋を出て行った。

戻ってきた副官は、

「閣下は、どてらのままでよろしいとおっしゃっている。すぐに来るようにとのことだから、鎌田大尉、そのままでいいから頼む」

副官は、軍服に着替えさせるのは気の毒だと思って元帥に話をつけてきてくれたのだ。そこまでしてもらって、行かないわけにはいかない。

銓一はどてらの帯を締め直して、上原元帥の部屋に向かった。副官と銓一は部屋の扉の前に立った。

「閣下、主管将校を呼んで参りました」

「おお、入れ」

扉を開けて銓一は挨拶をした。

「鎌田大尉です。お許しを得てこのままの格好で参りました」

「わしもこの格好だ。入れ」

元帥も、どてら姿だった。しかし、銓一は一大尉にすぎない。相手は仰ぎ見る存在の元帥である。同じどてら姿でも、居心地の悪さを感じた。

元帥は待ちきれないように、質問をしてきた。

「おまえが今日の供試体をつくったそうだな」

「そうであります」

「なかなか、いいものをつくったな」

「まだまだこれからです。研究中であります」

「コンクリートについて十問出す。解いてみよ」

問題を聞いているうちに銈一はホッとした。すでにタルボット博士の研究論文を読んで知っていることばかりだった。銈一はすべて解答した。

元帥が特に関心を持っていたのは、アメリカのコンクリートと日本のコンクリートの強度の違いであった。銈一は、自分の知る限りのことを詳細に説明した。

一般に、アメリカでは軽い砕石《さいせき》を骨材として使用する。高層建築が発達しているから、コンクリートを打つときには、高い足場をつくって、コンクリートの混合物をエレベーターで高い位置に持って行き、シュートで打設位置に流し込む。シュートで混合物を流し込むときに、砂利《じゃり》のような重たい石を骨材として混ぜていると、砂利だけが分離して、先に流れ落ちていき、後からモルタルが落ちていく。せっかくミキサーで混合させたものが、途中で分離してしまう恐れがある。そこで、アメリカでは砂利ではなく、細かく砕いた軽い砕石を混ぜる。

日本では高層建築物もなく、容易に砂利を手に入れることができるので、砂利を混ぜたコンクリートを使っていた。

砂利は、表面がなめらかであるから、モルタルの付着力は小さい。一方、砕石は軽いけれども、砕いて表面が粗くなっているからモルタルがよく付着し、強靱《きようじん》なコンクリートができる。その結果、アメリカのコンクリートのほうが日本のコンクリートより強靱となる。

こういった内容を銓一は上原元帥に説明した。

「ううん、なかなかやるのお」

元帥は、どの隊のどの教官から指導を受けたかを知りたがった。銓一は誰からも指導は受けておらず、アメリカ・イリノイ大学のタルボット博士の研究理論から学んだことを答えた。

「そうか。おまえは渡米したことがあるか」

「海外に赴いたことは、まだありません」

「なに、海外に行ったことがないのか。それじゃあ、渡米してアメリカのコンクリートを実際に見て、もっと研究してくるべきである」

元帥のありがたい言葉だったが、銓一はドイツで学びたかった。そのためにドイツ語を勉強していた。京都帝大での卒論もドイツ語で書いた。ドイツ語に比べれば英語はあまり得意ではなかった。

「せっかくの閣下のお言葉ですが、自分はドイツに留学することを希望しております」

「ドイツ？　ドイツ軍の研究はすでに過去のものだ。今後はアメリカの研究に集中すべきである。アメリカの底知れない技術を学ばなければいけない。絶対にアメリカに留学すべきである」

この元帥の言葉が、銓一の運命を変えた。

日本工兵の祖である元帥の技術感覚はきわめて優れており、時代の先を確実に見ていた。多くの日本の工兵将校はドイツに学ぶべきと考えていたが、その後、時代はアメリカが科学技術の最先端国になっていった。

もしドイツに留学していたとしたら、後に銓一が米軍との連絡係になることはなかったであろう。

陸軍元老の意向は絶対である。陸軍省の誰も逆らうことはできない。銓一は、元帥の推挙により、一年後に渡米することが決まった。同僚からは羨望のまなざしで見られた。

昭和六年（一九三一）の暮れに、銓一は少佐に進級したうえで、渡米することとなった。

銓一はそのときは家庭を持っていたから、単身赴任となる。長男の勇は三歳になったところだった。

渡米前に叔父の朝鮮銀行総裁加藤敬三郎から相当なる金額の餞別《せんべつ》と貴重な助言をもらった。

「アメリカの国情と国民性を学ぶには、よく交際することだ。そのためには、つきあいの金を惜しんではならない」

この軍資金は非常にありがたかった。銈一は、渡米後に、交際費を惜しまなかった。アメリカでのつきあいは「国民外交」だと考えていた。

後に、銈一はこの「国民外交」という言葉をよく使うようになった。それは十四年先、敗戦後のことである。

入学許可を求めて直談判

銈一は渡米した。

しかし、銈一が望むイリノイ大学への留学が決まっていたわけではない。実は、何のあてもなかった。

しかも、間の悪い時期の渡米だった。銈一がアメリカに向かう船に乗ったのは、昭和六年（一九三一）暮れだった。

少しさかのぼると、昭和四年十月にはアメリカのウォール街で株価が暴落して大恐慌が起こった。労働者の四人に一人が失業する状態で、アメリカ国民の生活は非常に苦しくなっていた。工業生産額は、三年間で大恐慌前から半減してしまった。アメリカの大恐慌は、世界恐慌に発展した。

昭和五年にはロンドン海軍軍縮条約が締結された。米英と日本の巡洋艦以下の補助艦の総トン比率が十対六・九七五と決まった。日本の希望は七割だったのだ。大正十一年（一九二二）のワシントン海軍軍縮条約（戦艦等主力艦の米英と日本の比率が五対三に決まった）に続く屈辱的なものであるとして、日本の海軍は憤った。海軍はアメリカを仮想敵国と見なして準備をしている。

昭和六年九月には、満洲で柳条湖事件があり、日本軍は満洲全域に戦線を拡大していた。それに対して世界の目が厳しくなり、アメリカでは「日本の侵略行為」とし、反日論調が高まっていた。

アメリカの国内経済は苦しく、日米関係も悪化の兆しを見せていた。そんなときの渡米だった。

「渡米すれば何とかなるのでは」という銈一の考えは甘すぎた。

ワシントンの駐在武官を訪ね、イリノイ大学に入学できるように力添えを依頼し、大使館から大学に照会してもらった。しかし、返事はなかなか来なかった。しばらくして、ようやく返事が来た。

「一月二十五日付けで貴方の略歴を入手しました。貴方が一九二四年に京都帝国大学において土木学科を卒業したことを確認しました。しかし、この学校に入るためにはさらに参考となる資料が必要です。詳細な履歴書を学校宛てに提出するようにお願いします」

詳細な履歴書を求めてはいるが、事実上の入学拒否であろう。ここは、思い切って学校に乗り込んで、直談判するのが得策だと思った。

一縷の望みは、イリノイ大学農学部に、日本人の工藤博士がいることだった。工藤博士を訪ねてみよう。

銈一はワシントンを出発し、ニューヨークを経て、シカゴに入り、さらにイリノイ大学のあるアーバナ市に向かった。アーバナ市に着くと、大学のインフォメーション・オフィスに行き、工藤博士の部屋を教えてもらった。

銈一は、工藤博士に会い、事情を話して、「何としても、タルボット博士の教えを請いたい」という強い思いを伝えた。工藤博士は、銈一のために尽力してくれた。すぐに工学部長のケッチャム教授への紹介状を書いてくれた。

ケッチャム教授は、とても親切な人で、工藤博士との交流があるためか、日本人をよく理解してくれた。ケッチャム教授は、「そういう研究内容なら、この大学の材料研究所所長エンゲル教授とリチャード教授を尋ねなさい」と言った。

銓一は、ケッチャム教授に言われたとおり、エンゲル、リチャードの両教授に面会して、京都帝大で書いた研究論文を見せた。ドイツ語で書かれた論文だが、両教授は非常に高い関心を示してくれた。彼らは専門家だから、設計図と数式を見れば、何語で書かれていてもある程度理解できる。

彼らの反応を見て、銓一は少し自信が出てきた。

銓一はイリノイ大学の教授陣に、自分が取り組みたい研究の課題を提示して、批判を仰ごうと思った。

課題一　力の伝達の法則
課題二　構造強弱学の根本理論是正
課題三　コンクリートの強度研究

いずれも従来の研究理論に疑義を呈するものであった。

銓一は、「力の伝達」の法則をいろいろと調べたが、世界中の研究を見渡しても確立された法則が見出せなかった。それまでの学問では、「光の伝達」、「音の伝達」については、研究が完成し法則が存在していたが、「力の伝達」についてはまだ途上であった。

銈一は、関東大震災のときに浅草で十二階建ての建物が倒壊した状況を見て疑問を持った。下から三分の一のところで、折れていたのである。どのように力が伝達されて、この結果になったのかを研究してみたかった。

地震の際の建物の倒壊を防ぐことは非常に重要だが、世界のどの国でも研究がされていなかった。微分方程式などを用いて、銈一なりの理論は持っていた。

この課題をイリノイ大学の教授たちに示すと、彼らは非常に驚いて、「この問題は解決しなければならぬ」と言ってくれた。

二つ目の構造強弱学の是正は、アメリカの雑誌記事を読んで疑問を感じたことに端を発している。

アメリカで鉄道橋の修理をする際に、レールの一部を除去して作業を始めた。作業員が赤信号を出し忘れたため、そこに急行列車が突入した。「脱線事故だ！」とみんなが思った瞬間に、列車は何の事故もなく通過していった。レールがはずされているところをそのまま通過したのだから、奇跡的な出来事だ。

この出来事を合理的に説明する理論があるはずだ、と銈一は考えた。こうした疑問を話すと、「非常に興味ある学説だ」とほめてくれた。

三つ目の問題はコンクリートの問題だ。銈一は「アメリカのコンクリートを研究してこい」と上原元帥に命じられて渡米したので、これが主たる課題だった。

コンクリート構造物は、ある配合で練り上げたものを固めて供試体をつくり、それを破壊してどの程度の力に耐えうるかを測定する。これを繰り返して、最適の配合の数値を導き出していく。

しかし、銈一はそこに疑問を持った。小さな供試体はいいが、たとえば、ダムのような大きな構造物をつくる場合、同じ配合、同じ水量のコンクリートでつくっても、場所によって強度が変わってくる。外面に近いところは早く冷えるが、内部は冷えるのに時間がかかり長い間熱を保有する。強度にも差異があるはずだ。このことを度外視して、巨大なコンクリート構造物を施工することは不合理である。

何らかの対策が必要であるとの考えをリチャード教授に示したところ、「まったく同感である。自分もこの研究に興味を持っている」と言ってもらえた。

これらの課題を提示すると、イリノイ大学の教授たちが「うちの大学は、君に長く留まってほしい、ぜひ入学させるべきだ」と言ってくれた。

リチャード教授は、銈一が示した課題を高く評価してくれて、「留学生ではなく、客員研究者として迎える」とまで言ってくれた。リチャード教授は、銓一があこがれるタルボット教授の愛弟子であり、タルボット教授への紹介状も書いてくれた。

後日、ケッチャム工学部長から手紙が届いた。

「拝啓　先日貴方が訪問された際、私が申し上げたように、イリノイ大学は当校を来訪する技術者ならびに学者の研究のために、研究室、教室、その他の活動の機会を提供することを喜びとするものです。

貴方が、材料研究所所長のエンゲル教授らと面接されたことを聞きました。

私は、貴方の入校を許可いたします。

工学部長　ケッチャム」

とうとう銓一の目指していた留学の希望が叶えられた。しかも、リチャード教授が言ってくれたように、客員研究者として迎えられたのだ。イリノイ大学で信頼の厚い工藤博士の推薦が大きかったようだ。工藤博士のおかげである。

また、軍人ではあるが、工兵であるという銓一のプロフィールがいくぶん幸いした。英語で言うと、工兵は「エンジニア」である。砲工学校首席卒業は、エンジニア・スクールをトップの成績で出たということになる。

日本と違い、アメリカでは工兵がエリートと見なされていることも助けとなったようだ。

ウェストポイント陸軍士官学校の成績優秀者は、卒業時にみな工兵を志願する。工兵将校は「優秀なエンジニア」というイメージを持たれていた。

銓一にとって、入学を許可されただけでもありがたいことだったが、驚いたのは、地元の新聞記事にまでなったことだ。

「日本陸軍将校　イリノイ大学に入学　建設材料学を研究のために

日本陸軍少佐鎌田銓一氏は、アメリカ合衆国技術界の進歩した土木部門において、実地研究をするために、日本政府より任命され、最も適当な教場として、イリノイ大学を選択した。材料研究所所長のエンゲル教授は、鎌田少佐が研究室において、彼の研究に必要な設備と材料を与えるであろう」

アメリカでは、新聞の一面に「日本軍が満洲で侵略行動をしている」と非難する記事が連日のように掲載されていた。それにもかかわらず、小さな記事ではあるが、日本から来た軍人について好意的な記事が出たのである。

研究スケールに目を見張る

銓一は、毎日イリノイ大学の研究所に通ってコンクリートの研究を続けた。

研究所に足を踏み入れてみると、雄大な研究所だったので驚いた。コンクリートの実験用に三万ポンドから三百万ポンドに至るまでの試験機がずらっと並んでいた。三百万ポンド（約一三六〇トン）の試験機はおそらく世界最大のものだ。この機械で材料を破壊し、強度をテストする。溶接した鉄板と、リベットでつないだ鉄板の強度の違いを調べるため、大きな機械でビリビリと鉄板を引き裂く光景は、実に壮観だった。

試験機から得られたデータは、ほぼそのまま実際の現場に応用できた。だから、アメリカの各企業はイリノイ大学のこの研究所にいつも試験を依頼していた。いわゆる「軍民一体」の研究だ。

銈一のあこがれたタルボット教授は、研究所で朝早くから晩遅くまで研究に明け暮れていた。銈一が見せてもらったのはコンクリートの試験だった。実物大の模型に荷重をかけて、その変形や力の伝達の状況を熱心に研究する。作業着に着替えて、全精力を実験に集中されていた。その真摯な学究的態度はさすがに世界的権威だけあると、心から敬服した。七十歳を超えても研究意欲はまったく衰えていなかった。

銈一は、タルボット教授にずっとあこがれ続けてきた。いつかお目にかかりたいと思っていた。そのタルボット教授が実験を見せてくれたのだから夢のようだった。

研究所では、学部長クラスの教授でも、自ら手を下して実験に従事していた。弟子に任せることはなかった。自らのことは自らでするという方針のもとに、報告書も実験者が自分で書いていた。

銓一はリチャード教授の講義を受けた。講義のやり方は、日本の大学の講義とはまったく違っていた。

リチャード教授は、学期の始まりに一年間に教える授業内容をすべてプリントして、参考書や参考論文を網羅したプリントとともに学生に配布した。課題に応じて、どの本や論文を読めばいいのかがわかる。このプリントさえあれば、独力で研究できるわけである。

さらに、一年間の授業内容をいくつかに分割し、それぞれの学生に課題を配分した。授業においては、割り当てられた課題を学生が講義するのである。教授が講義するのではなく、学生が講義するやり方に、銓一は驚いた。

学生は、自分に割り当てられた課題を責任を持って研究し、教壇に立って講義する。リチャード教授は、学生の講義内容に対して、間違ったところがあれば丁寧に修正し、補足し、さらに学生の質問に答えて十分に理解してもらえるように努めていた。

学生は自分の項目を講義するために、真剣に勉強しなければならない。この勉強が非常に役立つ。少なくとも、自分が研究した項目は頭に深く残る。これを基礎にすると、他の研究に入ることも容易になる。

日本の大学では、教授が講義内容を一方的に学生に話すだけだった。ときには虎の巻を見ながら講義する。学生は、一所懸命に速記する。写すのに時間ばかり取られて、質問する余裕もない。これでは要点を飲み込むのも困難だ。試験のときには丸暗記をして、点数を取るのに夢中になる。試験が済めば頭の中はスッカラカンだ。

日本人は優秀だけれども、指導方法が同じままでは、アメリカにいつか負けてしまうと銓一は感じた。

驚くほど親切なアメリカ人たち

研究が終わると、同僚たちがみな親切にしてくれた。アメリカ人はよそ者に対して、とてもフレンドリーだった。日米関係が悪化しているときにもかかわらず、親切にしてもらえて本当にありがたいことだと思った。

銓一は、家族と別れて単身生活をしていたが、それを知って、心細い思いをしないようにみんなが気を遣ってくれた。

意気投合したのは、研究所の冊子を担当しているブラウン君だった。銓一と同じくらいの年齢で、日本人びいきだった。

ブラウン君は、銈一をいろいろなプラントや工事現場に案内してくれた。コンクリート・ミキシングのプラント、コンクリート打設の現場、鉄筋コンクリート・ビルディングの建設現場、アーバナ市の汚水処理場などに車で連れて行ってくれて、詳しく説明してくれた。実地教育をしてもらっているような感じだった。

あるとき、ブラウン君の案内でイリノイ州道の構築作業を見に行った。コンクリート道であるが、機械を使って少人数で工事をしていた。

コンクリート・ミキサーが二台あり、用途によって両者を使い分けているようだった。クレーンなどの工機を使って、作業は非常に能率的で円滑だった。作業は一日八時間のみだが、それでもかなり進捗した。

「そうか。これが工業経済の原則が適用された姿なんだ」と理解した。「工業経済の原則」という言葉は、京都帝大で教えてもらっていたが、具体的にどういうものか、イメージがわかなかった。

この工事現場では、セメント袋やトラックなどがその日に必要な数だけ用意されていた。需要と供給がぴったりと合うように計算されて工程が組まれていた。十分な数の機械を使って能率的に作業を進めていくので、見ていても気持ちがよかった。日本では人手をかけて、手作業でやるから能率的に進まない。そこに大きな違いを感じた。

ブラウン君は、イリノイ大学の軍事教練も見せてくれた。イリノイ大学にも立派な軍事教練施設があった。工兵、砲兵、歩兵、通信兵、航空兵などの軍事教練を行ない、予備役《よびえき》将校を育てていた。大佐以下現役の将校が三十名ばかりいて、指導に当たっていた。毎週金曜日の午後にレビューがあるというので、ブラウン君の案内で見学させてもらった。なかなか立派なものだった。

銈一のような異国の軍人に対して、イリノイ大学の人はものすごく親切にしてくれた。何か恩返しがしたいと思い、銈一は日本の素晴らしいものを贈ろうと思った。銈一の妻慶子の実家は比較的裕福な家庭であったから、慶子に頼んで絹地を見立ててもらい、アメリカに送ってもらった。

ブラウン君が自宅ロビーを使わせてくれると言ってくれたので、教授陣を招いてパーティを開催して、絹地の絵、絹のガウン、絹のスカーフなどをお礼の品として贈った。美しい日本の版画も贈った。

驚いたことに、このパーティのことも地元の新聞に載った。

教えてくれたのは、下宿の向かい側の家の老人だった。新聞を差し出して、

「鎌田少佐殿、とにかく、今朝の新聞を読んでみてくれ」

そこには、こう書かれていた。

「日本陸軍将校　アメリカの友人を招待す
イリノイ大学で学ぶこと三カ月、日本将校鎌田少佐は、アメリカの友人をウェスト・メイン・ストリートのブラウン邸に招待し、ブリッジ・パーティを開催した。当日の招待客は、エンゲル教授夫妻、リチャード教授夫妻、バージェス氏夫妻、レメン少佐夫妻およびホティカー嬢など十二名であった。

このパーティで特筆すべきことは、日本の特産たる麗しい絹製品を感謝のしるしとして贈られたことである。それは、絹地の絵一枚、絹のドレッシング・ガウン、絹のスカーフ、絹靴下ならびに貴重な日本版画一組等である。

ちなみに鎌田少佐は、本人が熱望し、日本政府の特命によって、イリノイ大学に入学のうえ、工学部において正規の課程を修めている」

日本からの絹づくめの贈り物は、アーバナ市始まって以来のことだという。感謝の気持ちを伝えたかっただけなのに、思ってもいない反響になってしまった。

新聞は日本批判、町の人は親日的

アメリカで生活していると、嫌でも新聞の見出しが目に入る。そこには日本に対する非難の言葉が並んでいた。

銓一がイリノイ大学に在籍中の昭和七年（一九三二）三月一日に満洲国建国が宣言され、リットン調査団が派遣された。新聞は、そのことを連日報じていた。

ただし、四月の新聞はうれしかった。ワシントンのポトマック河畔《かはん》の満開の桜の写真が掲載されていた。いつもは日本を批判している新聞も、日本の出渕勝次《でぶちかつじ》大使夫妻と令嬢が畔《ほとり》を散歩している写真を掲載した。

他国で満開の桜の写真を見られたことはうれしかった。ブラウン君は桜の写真が載っている新聞をいくつも買って、わざわざ銓一のところに届けてくれた。

五月十六日の新聞は見たくなかった。寝ていたら、急にドアをノックされて起こされた。下宿の主人が新聞を持って飛んでき、

「センイチ、バッド・ニュース！」

と叫んだ。

新聞を見ると、犬養首相が暗殺されたことが一面に大きく出ていた。若い将校や士官候補生の起こした事件で、所々に爆弾を投じたことまで書かれていた。異境の地でこんな報道を目にしなければならないとは。

下宿の主人は一所懸命になぐさめてくれた。誠に肩身の狭い思いであった。日本の軍閥

については、満洲事変以来アメリカで問題視されていて、新聞には風刺漫画も出ていた。新聞は日本のことを連日伝えており、アメリカ人の対日感情が悪化しないように祈るばかりだった。

イリノイ大学には、中国人留学生が三十人ほど在学していた。彼らは日本への非難を繰り返し、ヒステリックなほど騒いでいた。それに対して、銈一のまわりのアメリカ人は非常に寛容だった。「日本は島国で狭いからなあ。それなのに人口が増えているから」と好意的に見てくれる人もいた。

それどころか、日本に対してかえって興味がわいたという人もいた。日本の女子学生と文通したいから、銈一に誰かを紹介してくれと言う者もいた。

銈一が下宿をさせてもらっている家の娘は小学生だったが、日本語を教えて欲しいとせがんだ。学校で友達に自慢したいのだという。下宿の主人も、近所の人に「オハヨー、コンバンハ、アリガトウ」と挨拶していた。

当時、アメリカではクロスワードパズルが流行っていて、新聞にも載っていた。そこには、日本語の問題もあった。近所のご老人から「これを教えてくれ」と言われて、問題を見て驚いた。「I□RO」となっている。おそらく「INRO（印籠）」であろうと思った。ご老人は非常に喜んでいた。ほかにも、「DATEMAKI（伊達巻き）」など日本人にも難しい言葉まで出ていた。

あるとき、銓一は七十代くらいのご老人に声をかけられた。日本人かと聞くので、そうだと答えた。

「私は、新聞しか読まんから、本当のところが、よくわからんのだが、満洲のことはどうも理解に苦しむ。今日の新聞と昨日の新聞でまったく違うことが書いてあって真相がわからない。だいたい日本に不利なように書かれているように思う。自分の知っている範囲では、日本の国民はもっと頭の良い、よく教育された、理解のある国民と思っているが、真相は果たしてどうなのか」

銓一は、日本に対して理解のある人が多いことがうれしかったが、きちんと説明しなければならなかった。人口増加のため満洲に進出せざるを得なくなったことや、在留邦人に暴行が加えられたため、日本軍はやむなく自衛権を発動したことなど、銓一なりの見解を答えたら、納得してくれた。

総じて、高齢の人は日本に対する印象がかなり良いようだった。

駅で会ったご老人に、

「おまえは日本人だろう」

と言われたので、何か文句をつけられるのかと思ったら

「日本人は偉大なる国民だ」

と言われて、非常に恐縮したこともあった。

アイム・ハングリー

留学して三カ月が過ぎた。しかし、英語が上手にならず、銓一はいくつも失敗をした。

フォート・レブンワース陸軍基地（カンザス州）に友人がいるから会いに行きたいと思い、リチャード教授に三日間の休暇を願い出た。

「レブンワースに行くつもりです」

と言ったら、リチャード教授がケラケラと笑い出して、

「ギャングの一味にでもなったのか？」

と言い出した。

レブンワースには、大きな監獄があり、そこにギャングが収監されているという。

「フォート」という言葉を省略してしまうと、監獄のことになってしまうということだった。

フォート・レブンワースには、日本の将校山内少佐がいた。山内少佐は、アメリカで参謀将校を養成する上級の学校に高官将校として入学し、成績優秀だったため、日本戦史を

学生に講義していた。

銓一は、イリノイ州で運転免許を取ったが、運転はぎこちなかった。あるとき、車を車庫に入れようとして目測を誤って、隣の家の花壇を乗り越えて、台所の壁にぶつけてしまった。

隣の家の夫婦が飛び出してきて、

「どうしたんだ？」

と聞いた。

「アイム・ソーリー」と言おうと思ったのだが、気が動転していて、

「アイム・ハングリー」

と言ってしまった。

ご主人が怒るかと思ったら、

「それは、気の毒だ」

と言って、食堂に案内してくれて、椅子に座るようにすすめた。自分たちが食べようとしていたビフテキを食べさせてくれた。おいしいコーヒーも出してくれた。

しかも、銓一がビフテキを食べている間に、電話で救援の車まで呼んでくれた。車を花壇から引き出し、車が壊れていないかを確認して、ご主人は、

「オーケー」

と言った。花壇が壊れていることには、少しも頓着していない様子だった。

帰りにお菓子までくれて、

「これからは、空腹のときには危ないから運転をしないほうがいい」

とアドバイスしてくれた。

このときの親切は身にしみた。翌日、お礼にうかがってゆっくりと話をした。本当は、お詫びをしなければいけなかったのだが。

日本に好感を持つ教授たち

イリノイ大学に留学して四カ月ほどが経ち、予定されていた期間が終わり、イリノイ大学を離れなければいけないときが、とうとうやってきた。

前回のパーティで多くの人と仲良くなれたが、それから一カ月、もうお別れを告げなければならなかった。

銈一は、友人のブラウン君に相談し、「サヨナラ・パーティ」を催すことにした。また来てもらえるだろうか、と銈一は心配になった。

ブラウン君は、「これを日米の架け橋にするんだ」と言って、また一肌脱いでくれた。驚いたことに、タルボット教授夫妻まで出席してくださることになった。銓一はその知らせを持ってきてくれたブラウン君の手を握って、心の底から感謝の気持ちを伝えた。

銓一は前回にもまして、素晴らしいものをみなさんにお礼として贈ろうと考えた。軍人の薄給の身ではたいしたものは贈れない。また妻慶子の里に頼ることにした。早めに計画を練ったのでパーティ当日までまだ時間はある。慶子に電報を打って、日本の振り袖、絵羽織、その他日本の美術品を送ってもらうことにした。

叔父の朝鮮銀行総裁加藤敬三郎からもらった餞別のお金もすべて使うことにした。日米関係が悪化しているときだけに、日本という国に対して、少しでも好感を持ってもらいたいという思いもあった。これが銓一の考える「国民外交」であった。

お別れパーティは、盛大なものとなった。日本から送ってもらった振り袖を会場に飾っておいたので、訪れたアメリカのご婦人たちは、

「オオ、ニホンノキモノ、ワンダフル！」

と声を上げた。日本の着物は世界の女性を虜にする魅力があるのだと思った。会の最後に、銓一の最も尊敬するタルボット教授がスピーチをしてくれた。

「鎌田銓一少佐は、私たちのために、まことに丁重なる、豪華なパーティを催してくれま

した。この上もない満足を覚え、諸教授ならびにその夫人たちを代表して、お礼の言葉を述べさせていただきます。

私は過去を回想して、我が大学の工学部は常に外国の留学生を歓迎し、その研究修学に自由を与え、助力してきたことを満足に思います。特に、日本の留学生を快く迎えてきましたが、彼らは、その素質において、学識と品性を備えていました。

ことに、日本で立派なレコードをつくった阿部博士、九州帝大土木科教授吉田博士、日本政府に勤務する内村氏、鉄道省の根本博士ら、その多くの人々は、私たちの学園より価値ある成果と楽しき思い出を故国に持ち帰られたことをうれしく思うものです。

今から三年前、日本において万国工業会議が催されたとき、出席者の私に対して、日本の政府当局をはじめとして、技術関係者ならびに教授たちは、豪華な都会、魅力的な田舎の観光を案内してくださり、とても親切に接待していただきました。ランチにディナーにお茶の会に、さらには園遊会に、公私の饗応に心を込めて歓待していただきました。

この日本旅行によって、日本人がわずか六十年間になしとげた業績を見聞きし、その素晴らしさに感嘆しました。そのときに感じたことは、日本人は礼儀正しく、親切であり、勤勉で聡明、実に精力的に活動をする進取的民族である、との印象を受けました。

今夕の、あなたの親切なる接待に対し、出席者一同の意を代表して、厚く感謝するとともに、これからあなたが世界各国を見学旅行するに当たり、その目的と希望が、順調に成果をあげられるよう、念願いたします。

長途の旅を無事にすませて、健康を保って帰国されるよう、心から祈ります」

博士のスピーチが終わると、参加者全員から大きな拍手が起こった。タルボット博士から温かい言葉をかけてもらえたことに銓一は感激した。タルボット博士が、日本のことを好意的に見てくださっていることにも感謝の気持ちでいっぱいだった。

銓一は、お礼のスピーチをした。ぎごちない英語しか話せない銓一が、急に上手に話したのでみんな「どうしたんだい？（笑）」と笑っていた。

あらかじめ原稿を書いて、少しアメリカンジョークも入れた英文のチェックをしてもらってそれを読み上げたのだ。

「みなさま。今日は、私にとって非常に幸福な一日でした。イリノイに来て四カ月になりますが、みなさまに大変親切にしていただいたことに感謝の気持ちを述べる機会をいただきました。

みなさまは私の仕事に大いなる援助を与えてくださいました。私はアメリカの技術を学ぶためにこちらに来て、大変多くのことを学びました。

私がイリノイ大学を選んだのは、ドイツの雑誌『鉄とコンクリート』を読んで、この大学のことが高く評価されていたからです。この大学に学べたこと、みなさまからの心遣いに、感謝申し上げます。

私は、英会話ではだいぶ苦労しました。今でもよく間違えます。私は、『キッチン部長にこの会に来てもらえることになった』と言ったら、『台所部長？ ケッチャム部長ではありませんか？』と言われました（笑）。

このイリノイでのご親切を日本政府に伝えます。日本政府も喜んでくれると思います。

私はイリノイを去りますが、私の良き友人であったみなさまと共に幸福なる数カ月を過ごしたことを常に思い出すでしょう」

出席者一同の温かい拍手に包まれた。

アメリカの母、クーパー夫人

銈一は、後ろ髪引かれる思いでイリノイ大学を去り、ワシントンに向かった。ワシントンでは日本大使館付きの武官たちに歓迎ゴルフ会を開いてもらい、その後、国際情勢、国内情勢について意見を交換した。

ワシントン滞在は一週間だけだった。次のところに向かわなければならなかったからだ。

向かう先は、ボストンだった。有名な技術大学であるマサチューセッツ工科大学（MIT）で材料学の最新講義を聴講させてもらおうと思っていた。

ニューヨークを経由して、ボストンに入った。ボストンは、格調が高く、落ち着いた雰囲気があった。学問には最適の町という感じだった。

とりあえずホテルに入ったが、三カ月くらいは滞在予定だったので下宿をさせてもらえる家を探そうと思った。

ボストンにはドクトル真鍋という有名な日本人医師がいて、地元でとても信頼されていた。銈一はドクトル真鍋を訪ねて、力を貸してもらおうと思った。ボストンでは、地元紙に「部屋求む」という広告を出すと良い部屋が見つかる可能性があるという。銈一は、新聞に広告を出して待つことにした。

すぐに連絡が入った。その家庭は裕福な家庭で、今は夫人とお嬢さんだけが住んでいるという。そのご家庭の顧問弁護士が面接をしたいというので、銈一はドクトル真鍋といっしょに面接に向かった。

銈一は精一杯自分のことを伝えた。だが、満洲事変以降、日本に対するアメリカ人の感情が悪化しているから、日本の軍人を受け入れてくれることはまずないだろうと思っていた。

ところが、相手の顧問弁護士から連絡があり、下宿を許可してくれるという。銓一は耳を疑った。やはり、ドクトル真鍋が保証人になってくれたことが大きかったようだ。

下宿の主は、クーパー未亡人だった。六十代くらいのご夫人で、夫と死別して、姪のドロシー嬢と一緒に暮らしていた。ドロシー嬢は二十代だった。

裕福なクーパー宅は大邸宅で、その一室を間借りすることになった。大恐慌後に株価が大暴落していたから、裕福な家庭であっても、経済的にそれほど楽だったわけではないだろう。それでも、銓一に部屋を安く貸してくれて、とても親切にしてくれた。

クーパー夫人の家に住んだのは三カ月程度であるが、クーパー夫人は、アメリカにおける銓一のお母さんのような存在となった。銓一を息子のようにかわいがってくれた。

昼間はMITの授業を聴講に出かけた。国際色豊かな学校なので、世界中からいろいろな学生が来ていた。

あるとき、ブルガリア出身の女子学生から、日本軍の行動について議論を持ちかけられた。銓一は、日本の立場を述べた。

「満洲では、在留邦人に暴行が加えられたため、日本軍はやむなく自衛権を発動した」

と言うと、ブルガリアの女子学生は、

「自衛権を口実として侵略するものであり、国際連盟に提訴せずに勝手に振る舞うことは、国際条約に違反する。こういう行為を許せば、ブルガリアのような弱小国は、大きな脅威を覚える」

と反論してきた。

以前にイリノイ大学で中国人と議論したときには、相手が感情的になっているのがよくわかったが、ブルガリアの女子学生は、冷静に理路整然と説明し、自国を思う気持ちがあふれ出ていた。銈一は、相手の女子学生に感心した。

大学内では日本の軍人であることで肩身の狭い思いもしたが、クーパー邸に帰るとまったく違った。そこはくつろぎの場であり、クーパー夫人やドロシー嬢が、銈一のためにピアノを弾き、歌を歌ってくれて、和やかに過ごした。

銈一は音楽は得意なほうではなかった。嫌いではないのだが、陸軍軍人たちは音楽をやる者を軟弱者と見なす傾向があり、積極的に音楽をやる軍人はいなかった。アメリカでの生活で感じたのは、「音楽的素養も少しくらい持っていないと、外国の人とは交流できないな」ということだった。

このとき感じた思いが、戦後に米軍将校たちと交流するときに大いに生きた。米軍将校招待の場では、息子の勇にピアノを弾かせたりするなど、音楽を大事にした。

クーパー夫人とは別れがたかったが、次の場所に向かうべき時が来てしまった。実は、銈一は、許可されて、デラウェア州の米陸軍フォート・デュポン工兵第一連隊に入隊することが決まっていたのである。

「センイチ、もうボストンを去るの？　先延ばしにはできないの？」

クーパー夫人の言葉に銈一は何も言えなくなった。クーパー夫人は目に涙を浮かべていた。

ドロシー嬢が、

「クーパーおばさま、センイチもおばさまと別れるのがつらいのよ」

と言ってくれた。その通りだった。

銈一は涙を見せまいと思って、必死になって笑顔をつくった。

第四章

米軍の指揮官となった日本の工兵将校

手強い相手

銓一はボストンを後にし、昭和八年（一九三三）一月一日付けで、米東部デラウェア州にあるフォート・デュポン工兵第一連隊に入隊した。居所は、営内にある独身宿舎と決まった。

入隊すると、第一連隊大隊付きとして、大隊長の職務を見習うよう命令をもらった。

銓一は、大隊長ハートナー大尉の見習いとなった。彼の働きを見ていて、その責任意識の強さに驚いた。

一月の寒い時期だったが、ハートナー大隊長は、朝から夕方まで野外で指揮を執り、一度も室内に入らなかった。事務は副官がすべてやっていた。ときどき副官がサインをもらいに大隊長のところにやってきた。大隊長はかじかんだ手でサインをして、サインがすむと、再び現場の作業を監督指導した。その姿勢に銓一は感服した。

「大隊長殿、なぜ室内に入らないのですか」

と聞いてみると、

「心配だからだよ（笑）」

と答えたが、そうではあるまい。責任感からである。

日本の軍隊では、大隊長というのはかなり地位が高く、演習のときに野外に顔を出すことはあまりなかった。室内で勤務する時間のほうが長かった。その違いに驚くばかりであった。

あるとき、連隊の将校たちが別の場所での訓練に出向かなければいけなくなり、演習は将校不在で、兵だけでしなければならなくなった。隊付きの銈一は演習を見守ったが、演習は熱のこもったものであり、将校が指揮しているときと何ら違いがなかった。

残念なことだが、日本では将校が不在のときには、兵たちは「油を売る」という状況で、演習を怠ることがよくあった。将校がいようがいまいが、自分の職務を果たすというアメリカ兵の責任観念の強さには、本当に驚いた。

日米関係が悪化している折、もしかすると日米の戦争があるかもしれないと思わなくもなかったが、「これは、相当な手強い相手になる」と感じた。命令されてやらされているのではなく、自発的に職務に取り組んでいる意識が非常に強いようだった。

フォート・デュポンに勤務して、もう一つ驚いたのは、二十年間くらいずっと官舎敷地の草刈りだけをしている兵士がいたことだ。

銈一は気になって、

「草刈りばかり二十年間やっていると聞いたが、君はそれでいいのか？」

と聞いた。

彼は、毅然とした態度で答えた。

「自分の任務は草刈りであります。連隊長の命令通りに任務を完遂するだけです。しかし、草を刈ることにおいては決して人に負けません。きれいに草を刈ること。これが私の仕事であり、楽しみなのです」

銈一は、頭が下がる思いだった。彼は職務に全力を尽くしていた。連隊長に忠誠を尽くし厳格に服従していた。

銈一は出世にはそれほどこだわらないほうだが、出世をしたくないわけではないが、なれるものなら大将になってみたい。アメリカ人が、どうしてこんな考え方をできるのか銈一には不思議だった。

いろいろ話を聞いていくと、教育にその理由があるのかもしれないと思うようになった。アメリカの家庭教育は、日本の教育とかなり違うことを教えてもらった。

日本では当時親が子供に「偉い人になれ」と教育している。「大臣になれ」、「大将になれ」と言う親が多かった。

アメリカでは、「偉い人になれ」とは言わずに「立派な人になれ」「ジェントルマンになれ」と教えるという。

人間は生まれつき、それぞれの能力が与えられている。大将や大臣になる能力を与えられた者もいれば、大工や左官になる能力を与えられた者もいる。自分の能力にふさわしい仕事を天職として選び、その仕事に全力を傾注して勉強に励む。自分の職務に精通した人は、決して他人から馬鹿にされたり、非難されたりしない。能力もないのに偉い人になろうとすると、無理なことをしたり、上官にこびて点数稼ぎをしたり、間違ったことをしたりする人も出てくる。

ジェントルマンとして、人格の修養をし、自分の信念に基づいて生きることが大事だと家庭で教えられるようである。

工兵重視のアメリカ軍

短期間の見習い期間が終わると銈一は大隊長となり、部下二百名ほどを率いることになった。

アメリカ陸軍工兵隊は歴史が古い。工兵隊は、英語では「コープス・オブ・エンジニアズ（Corps of Engineers）」という。つまりエンジニア集団である。

工兵隊の歴史は、アメリカ建国の歴史と重なる。アメリカ独立宣言の前年一七七五年に、ワシントン将軍麾下《きか》の大陸軍の一部門として、工兵隊の前身はつくられている。優秀な機械技師と造船家によって構成され、外国人も多かった。工兵隊トップは「チーフ・オブ・エンジニア」と呼ばれ、訳せば「工兵長官」ということになる。「長官」という言葉がふさわしいのは、非常に大きな権限を握っているからだ。

工兵隊は、独立戦争を終結させた一七八一年のヨークタウンの戦いで活躍して、その存在が広く認められた。工兵長官であったフランス人のデュポルタイユ准将は、功績を認められ少将に進級した。

独立戦争が終わり、しばらく静穏の時期が続いたが、一七九八年に再び戦雲がたちこめ、ワシントンが総司令官に、ハミルトンが参謀長に指名された。ハミルトンは陸軍編制のために、ミリタリー・アカデミー（士官学校）設立を計画した。そのアカデミーでは、エンジニアリングなど科学技術を教えるべきとした。ハミルトンの詳細な計画は採用されなかったが、その考え方は士官学校設立の根幹となった。

一方、当時の陸軍長官マクヘンリーは、工兵の勤務を単に堡塁《ほうるい》の構築やその維持修繕、通信連絡などに限定すべきでないと考えた。それらは軍の重大な任務であるが、工兵の利用は、民間の道路、橋梁《きょうりょう》、運河など土木工事や、建物の建築なども包含させるべきとの考え方だった。アメリカは建国されたばかりの若い国であり、土木工事を担うエンジニアを多数必要としていたからだ。

こうしたハミルトンやマクヘンリーの考え方を基盤に、陸軍士官学校は一八〇二年に議会の承認と協賛を得て設立されることになった。

工兵隊の駐屯地が、ニューヨーク中心部からハドソン川をさかのぼったウェストポイントとされ、そこに士官学校をつくることが決まった。ウェストポイントには銓一も行ったことがあるが、森があり、湖があり、静かで美しい場所だった。徳操《とくそう》を養うにはとてもいい場所だと感じた。

士官学校の建設は始まったが、予算不足で基礎をつくるだけでも十五年もかかった。そして完全な形に発展するまでには五十年ほどを費やすことになった。

ウェストポイント陸軍士官学校は、アメリカにおける最初の科学技術学校となった。卒業者は、アメリカ合衆国の安寧と名誉を維持するための技量を持った者として認められ、戦時など国家が重大なときには指導者として活躍することになった。

陸軍士官学校は、工兵隊によって管理され、そこで教えられる内容は、工兵隊が必要とするエンジニアリングが主体だった。卒業者はみな数学が非常に優秀であるとの定評があった。アメリカでカレッジの学生たちの数学競技会をすると、ウェストポイントの選手がいつも上位を占める。このことからもアメリカの将校は、科学的な頭で作戦を練るということで有名であった。

最初の半世紀くらいは、士官学校の卒業生たちは国の鉄道、道路、橋梁、港湾の建設などに広く携わった。

日本では工兵隊は、軍隊の一部という位置づけだが、アメリカの工兵隊は、国家全体の技術指導部門といった位置づけであった。

工兵隊の組織は軍隊部と地方部に分かれていた。地方部は民間の仕事をする部門とし、地方部の各地区に、現役の工兵将校を派遣して任務に就かせていた。彼らは民間の土木事業の指導監督をし、平時から土木技術の実際的経験を積んで技術の向上を図り、戦時の役に立たせようとしていた。

アメリカ合衆国は東部十三州から国土を広げていったが、その開拓を担ったのは工兵隊である。工兵隊は、アメリカ開拓の歴史そのものという存在だ。アメリカには五大湖があり、ミシシッピ川のような長い川がある。水運工事はアメリカの工業や農業の発展にとって極めて重要だった。

工兵隊は、河川工事をし、橋を架け、鉄道を敷き、ハイウェーをつくり、港湾をつくる。工事そのものは民間がやることもあるが、多くは専門家である工兵隊指揮官の指導のもとで行なう。もちろん、戦時には工兵隊は、軍人として最前線に赴く。

アメリカ国外に目を向けると、パナマ運河建設の指揮をしたのもアメリカ工兵隊である。フィリピンの港湾もアメリカの工兵将校が指揮をしたもので、スペイン人が三世紀かけてつくったものよりも優れた港湾を五年という短期間で完成させた。

銓一は、アメリカで工兵隊の歴史を教えてもらい、アメリカで工兵が極めて高い評価をされていることに納得した。

日本では、工兵は、歩兵よりも格下に見られていた。士官学校で、歩兵の優秀な者は陸軍大学校に進むが、工兵は陸軍砲工学校に進んだ。陸大に行った者が軍の中枢を占めるため、工兵が中枢に行くことはあまりなかった。

一方、アメリカは、歴史的に工兵が重視されてきた国であり、米陸軍士官学校は工兵を養成するための技術学校としてつくられている。卒業者のうち優秀な者は工兵となるから、工兵の地位が非常に高い。

輝かしい実績のあるアメリカの工兵隊に入隊できたことは、銓一にとって非常に光栄なことだった。しかも、銓一が入隊したフォート・デュポンの工兵第一連隊（ファースト・エンジニアズ）は、最精鋭が集まった隊と言われていた。

後に厚木飛行場で再会した、テンチ大佐、ダン大佐も、若き少尉時代にフォート・デュポン工兵第一連隊に所属していた。マッカーサー元帥が自分の露払いとして送り込む先遣隊であるから、精鋭部隊でなければならなかった。そういう意味では、フォート・デュポン出身者が選ばれたのは、自然の成り行きだったかもしれない。

家屋をまるごと渡河させる

工兵第一連隊での訓練は、銓一にとっては驚くようなことばかりだった。

入隊してまず、重材料の渡河演習があった。フォート・デュポン基地（デラウェア州）の横にはデラウェア川が流れている。川を挟んだ対岸にはフォート・モット基地（ニュージャージー州）があった。両基地はデラウェア川を挟んで向かい合っているような感じだった。

対岸のフォート・モット基地には使用されていない官舎の家屋が数軒あった。それらの家屋をそっくりそのまま、川を渡らせてフォート・デュポン基地に移動させるという。川幅は四キロ程度。建物を壊さないまま、この川を渡らせる。

移動させるのは、二家族用の家屋二軒、一家族用の家屋二軒、合計四軒の家屋。二家族用の家屋は、重量が二百六十トン程度、一家族用の家屋は百五十トン程度を渡河移動させる。

まず家屋の基礎をコンクリートから分離し、扉、窓などの付属物を取り外し、家屋をそのままの形で筏《いかだ》の上に載せ、小型蒸気船で曳航《えいこう》して、対岸まで運ぶ。フォート・デュポン側の敷地には、あらかじめ基礎工事をし、コンクリートを打設してある。

川岸の上陸地点から基礎コンクリート地点までは、きれいに地ならしをして、地面に角材を縦横に積み重ねて高さを調整し、基礎コンクリート面と同じ高さになるようにした。

その上にローラーを置いて、家屋を滑らせて移動させた。移動させるために、馬力のあるトラクター二台を用い、ワイヤーを用いて牽引した。

家屋はゆっくりと動いていく。家屋が予定位置まで来たら、多数のジャッキを用いて、ローラーと角材を取り除いた後、指揮官の号令のもとに、ゆっくりゆっくりと下ろしていって、コンクリートの基礎の上に安置する。

その後、家屋に付帯する水道、ガス、電気、暖房装置などのすべての工事を終えて、作業を完了。

数式を示して工兵の信頼を得た

河川への列柱橋架設の演習も行なわれた。

フォート・デュポン基地の隣は、デラウェア・シティだった。シティといっても面積は三・四平方キロくらいの小さな街だ。そのデラウェア・シティとフォート・デュポン基地の境界には、運河があった。この運河にかかる橋は州政府が改築する計画になっていた。しかし、工事の着手に先立って、臨時の橋を必要としており、それを工兵隊が担当することになった。

運河の幅は三十メートル程度であり、それほど難しい工事ではないと思われた。しかし、想像以上に難航した。

川底に杭を打ち込むときに、圧搾空気を使ったパワー・ハンマーで打杭を行なった。ところが、衝撃を感じ、左右に振動して垂直に打ち込むことができなかった。硬層に杭が到達したときにドライバーの部分に亀裂が生じてしまった。

三度も修理したがうまくいかず、おもりを落として杭を打ち込むドロップ・ハンマーに切り替えた。そうすると好成績を収めた。銓一は、硬質河底のときには、ドロップ・ハンマーのほうが有利であると知った。

銓一は、データを集め、すぐに計算式を書いて隊員たちに説明した。その数式を見て、隊員たちは感心し、それ以降、銓一は工兵たちの信頼を勝ち取ることになる。お互いエンジニア同士、言葉で説明するよりも、数式で示すとすぐに理解してもらうことができて、信頼関係ができていった。

実際に働いてみて、銓一は、アメリカの工兵と日本の工兵の違いがよくわかってきた。アメリカの工兵は、道路構築にはブルドーザーを使う。日本の工兵は、円匙（スコップ）、十字鍬《くわ》（ツルハシ）などを使って作業をする。重機の数が乏しいことよりも、そもそも重機を使うという発想がなかった。

かつて日本の工兵隊の各部隊に一定数のコンクリート・ミキサーを支給したことがあった。本部から検査に行ってみると、きちんと手入れはされていたが、格納されていて使用された形跡がなかった。原始的な手練りのほうが好まれたのだ。すばらしいエア・コンプレッサーを入れても、宝の持ち腐れになる。

工兵の土工教練も同じだ。日本では、教練で重機を使わない。体を使って、四時間、休憩なく連続作業をすると、疲労困憊し、汗に塩のような白いものが混ざってくる。そうなると、精神がボンヤリとしてきて、体が無意識に動くだけになる。これほどのエネルギーを費やしても、その成果は機械にはまったく及ばない。工兵の初年兵にとって土工教練は苦痛の種以外の何物でもなかった。

アメリカの工兵は、工事を完成させるのに必要な人員、資材、機械の数量を計算して、過不足なく準備することを教えられる。教練においても、機械力を使って極めて自然に何らの無理もなく、肉体的な苦痛もなく、能率的に成果をあげることを学ぶ。

日本の工兵には「無理なく成果をあげる」という発想がまったくなかった。日本とアメリカでは、工兵には雲泥の差があると銓一は感じた。

アメリカ兵から慕われる

フォート・デュポンの士官の娘の中に、ボクシングが得意な娘がいた。彼女は営舎に住む兵士を相手に、ボクシングの練習をしていた。

ある日、銓一が引っ張り出されて、彼女と勝負をすることになってしまった。銓一は気が進まなかったが、挑まれた以上、逃げるわけにもいかない。

ボクシングはやったことはなかったが、柔道、剣道は得意、特に剣道は三段で、また士官学校では銃剣術も練習していたので、武道には心得があった。相手は女性であるし、何とかなるだろうと思ってリングに上がった。珍しい組み合わせなので、営舎の兵士たちがたくさん見学しに来た。

試合が始まり、最初のうちは軽く受け流していたが、少し油断した瞬間に、アッパーカットを決められた。頭がクラクラとして倒れ込んだ。

倒れたときに、「ワーッ」と歓声が上がるのが聞こえた。その瞬間に銓一は起き上がって相手の女性を柔道の技で投げ飛ばしていた。

相手は倒れ込んで、

「ルール違反。ヒキョウ！」

と叫んだ。

彼女は、二、三発銓一に張り手を食らわせて、立ち去った。

銓一は頭がクラクラしていたので、中腰で顔をブルブルと振った。肥満体型だから、ブルドッグが体にかかった水を振り払うような格好になって、みんながドッと笑った。

彼女が戻ってきた。卑怯な技を使ったのは確かだったので、銓一は詫びた。

彼女は、

「オーケー、オーケー、あれはニッポンの技？　私に教えて！」

と柔道の技を知りたがった。

これ以降、銓一は兵士たちから慕われるようになった気がした。銓一に話しかけてくれる兵士が急に増えた。

訓練が終わると、みんなからボウリングに誘われた。銓一はボウリングを知らなかったが、やってみるとおもしろくて、好きになっていった。

彼らは仕事をするときは真剣に仕事をし、遊ぶときは大いに遊ぶ。

当時、連隊で流行っていたのが、「デプレッション・パーティ」というものだった。大恐慌(デプレッション)の後だったので、落ちぶれた格好に変装してホットドッグなどを食べて騒ぐのである。銓一も落ちぶれた女に変装したら、みんながゲラゲラと笑いだしてパーティは盛り上がった。

英語が得意でなくても

銓一はフォート・デュポンに行っても、なかなか英語が流暢にならなかった。
例えば、「イエス」と「ノー」の使い方である。日本語の感覚がなかなか抜けない。
あるとき、
「今日はパーティはないのですか?」
と聞いたら、
「イエス」(いいえ、ありますの意味)
と言われたので、銓一は行かなかった。

あとで、

「どうして来なかったんだ？」

と言われてしまった。

車の免許を取るのも大変だった。

イリノイ州にいたときは、州の免許の試験が簡単だったのですぐに取れた。デラウェア州はけっこう難しかった。

試験官から質問された。

「なぜ、ガレージの扉を閉めたまま、エンジンをかけてはいけないのか答えてください」

銓一は、答えはわかっていたが、英語での答えが咄嗟に出なかったため落とされてしまった。ショックを受けて連隊に帰り、親しくなったトーマス少尉に相談した。

トーマス少尉が
「答えはわかっているのかい？」

と聞くので、銓一は
「排気ガスで窒息する」

という趣旨を説明した。

「わかっているなら、その問題が出たときには、ウーッとうなって窒息するまねをすればいいじゃないか（笑）」

とトーマス少尉は言う。

銓一は、そんなばかなことがあるか、日本では考えられないと思った。

ところが後日試験を受けたら図らずも同じ問題が出された。

「なぜ、ガレージの扉を閉めたまま、エンジンをかけてはいけないのか答えてください」

銓一は思いきって、トーマス少尉に言われた通りにやってみた。

「ウーッ」

とうなって、息が苦しそうなまねをした。

「オー、ベリー・グッド！」

これで試験に受かった。あとでトーマス少尉と大笑いした。

銓一は少し勉強になったと思った。英語が咄嗟《とっさ》にでないとき、黙っていないで、体を使ってもいいから、何とかして説明しなければいけない。口がダメなら手足を使ってでも相手にこちらの気持ちを伝える。

日本人は、わからないと黙ってしまったり、うなずいてしまったりするが、それをすると相手の感情を害し、信用を失うことにもなる。わからないときは、「もう一度お願いします」と聞かなければならない。それでもわからなければ、紙に書いてもらってもいいから、相手と意思の疎通をさせる。それが重要だとわかった。

日本人の評価は高かった

デラウェア州でも日本の評判は非常に良かった。

連隊の将校たちもみな日本に行きたがっていた。一度行ったことがある者が日本の良さを宣伝していたからだ。「日本人はとても親切だ」と。

将校の中には「ゲイシャ・ガールは優雅だから一度見てみたい」という者が何人もいた。

デラウェア州の街で会った人からは、

「日本は汽車の時間が正確だ」

「コーヒーは、アメリカ以外では日本が最上等だ」

「靴下の足の指が分かれているのを見て、面白いと思った」

などと言われた。

町の人も工兵隊員も、日本に対して非常に友好的だった。日本では「日米戦争」という言葉が使われ、そういう書名の書籍まで見たことがあったが、ワシントンでも、ボストンでも、イリノイでも、デラウェアでも、「日米戦争」などという言葉を聞いたことがなかった。

　銓一は、普通のアメリカ人はみんな素朴な人たちだと感じた。他国と争うことよりも、日々の生活を楽しく送りたいと考えているようだ。

　日本に対しては、「日本人は親切だ」「日本人は頭がいい」「日本に行ってみたい」という声が多かったように思う。

　中には、過度に日本を美化している人もいた。銓一に対して、

「日本の家にはカーテンがないというが、本当か？」

　と聞いてきたので、

「その通りです」

　と答えた。

「さすが日本人だ。他人の家をのぞき見するような奴はいないのだろう」

　と言われた。黙ってはいたが、可笑しかった。

　アメリカ人から日本は良い印象を持たれている。しかし、誤解をされている面もあるから、多くの人と話をすることが「国民外交」になるのではないかと感じた。

剣道がフェンシングに勝った

フォート・デュポンでは、フェンシングの教練があった。銓一も兵士と一緒にフェンシングの練習をした。

ある日、教官のケイルン軍医少佐がフェンシングの試合をしようと言ってきた。銓一は剣道の心得があったから、ボクシングよりはフェンシングのほうが何とかなると思った。

その日も、多くの観客が集まった。みんな、どっちが勝つか賭けているようだった。

「俺は大隊長に賭ける」

「いや、ケイルン教官が勝つさ」

「いい勝負かもしれんな」

驚いたことに、連隊長のウォトキンス大佐まで見に来ていた。

審判が合図を送り、試合が開始された。

相手は剣先を動かしながら、こちらの様子をうかがっていた。銓一は剣道の要領で相手の目をじっと見つめて、スキが出るのを待った。

相手が一歩前に出た。その瞬間に、「今だ！」と思って、思い切り相手の喉元を付いた。

「勝負あり」

大歓声とわれんばかりの拍手が巻き起こった。銓一の勝ちだった。負けたケイルン少佐は、信じられないという顔をして立ち尽くしていた。

連隊長のウォトキンス大佐が駆け寄ってきて、

「今のは、日本のケンドーか？」

「そうです」

「なんと、すばらしい。アメリカ軍でも取り入れたいものだ」

「それには、道具が必要です」

「そうか。それなら、ケンドーの道具を日本から取り寄せてくれないか。我が軍でも研究したい」

連隊長のお褒めの言葉にうれしくなり、銓一はすぐに日本大使館に連絡して、日本から道具を取り寄せる手配をした。


翌日、ケイルン少佐が銓一のところに新聞を持ってきて見せた。

第一面の見出しに、

「日本の将校がフェンシングを教えている」

いてある。

記事には、フェンシングを教えてもらっている一人に軍医のケイルン少佐がいる、と書
と出ていた。

「ミスター・カマダ、こりゃないぜ！」

とケイルン少佐は笑っていた。


ウォトキンス連隊長が剣道に興味を寄せているという話は、日本では荒木貞夫陸相にまで伝わって、陸相も大いに喜んだという。すぐに剣道の高段者の園田少佐を使者にして、アメリカに剣道道具を持参させることになった。

客船に乗って園田少佐が渡米し、フォート・デュポンに到着したときは、残念ながら、銓一は入隊期間を終えており、同基地にはもういなかった。

園田少佐は、ウォトキンス大佐に会って剣道道具を渡すと、大佐はとても喜んでいたという。園田少佐は模擬試合を見せた。達人の妙技は大反響だった。その様子は地元の新聞に掲載され、後日、その新聞記事が銓一のところに送られてきた。

アメリカ兵の強さ

銈一は、渡米する前に一つの宿題を言い渡されたことを思い出した。宿題を出したのは、親戚筋に当たる柴五郎大将だった。柴大将は、北清事変のときに北京で籠城戦を行ない、各国軍隊を指揮して義和団の来襲から持ちこたえた。イギリスなど各国は、柴(当時中佐)以下、日本兵の勇敢さを賞賛したものである

柴大将は、

「確かに日本兵は勇敢で強かったが、戦死者の数はアメリカの軍隊のほうが多かった。彼らも非常に勇敢だった」

と言い、続けて、

「わしは、米西戦争のとき従軍武官として行ったが、このときもアメリカの軍隊は勇敢だった。アメリカ人は、平素はいかにも平和的で穏やかであるが、事が起こり、戦闘となると、恐ろしいほど底力を発揮する。飛び込めば必ず死ぬとわかっている堡塁の外壕内に、若い士官が飛び込み、続いて兵卒が飛び込んでいって戦死するのを見た。

アメリカ人がなぜかくも死を恐れないか、その理由が不可解でわからぬ。アメリカに行っ

たらそれを研究してくれ」

柴大将は、戦時におけるアメリカ人の勇敢さ、強さをよく知っており、その理由を銈一に調べてこいと宿題を出したのだ。

工兵第一連隊内で、少しずつ信頼を得ていった銈一は、思い切って連隊長のウォトキンス大佐に聞いてみることにした。

「連隊長殿、一つ教えていただきたいことがあります。アメリカの兵士は、とても友好的で平和を愛する者ばかりです。しかし、いったん戦闘になると、自らの命を省みず、国家のためにきわめて勇敢に戦います。その理由を教えていただきたいのです」

「ミスター・カマダ。我が国は建国以来、まだ二百年だ。二百年で今日の隆盛を迎えることができたが、その間、多くの者が矛をとって戦い、武勇の力で国がつくられてきた。国民は、国家のために一身を犠牲にして尽くすことが慣習となり、勢い、死を恐れぬ国民性を自然に身につけたんだ」

連隊長の説明によれば、アメリカの兵士は、国のために身を捧げることに誇りに思っているという。そういう兵士に対してアメリカ国民は敬意を払っている。

大人から子供までその意識が浸透していて、国家や国旗というものをとても大切にしていた。

連隊では毎朝、国旗掲揚と分列式が行なわれていた。軍楽隊が国歌を奏《そう》し、星条旗を揚げてマストに高く翻らせる。

部隊が敬礼をするのは当然であるが、近所の人たちも、国旗掲揚の際には直立不動の姿勢で敬礼をする。

国旗掲揚のときには、学校でも家庭でもどこでも国旗に敬意を払わなければいけない。あるとき銈一は、アメリカ国旗が揚がっていく様子を敬礼を忘れて見ていた。すると、七歳くらいの子供が走ってきて、「敬礼しないといけないんだよ」と注意をされた。銈一は赤面した。

歴史の若いアメリカでは、国旗に対する意識を高め、国旗への敬礼を教育して、国民の教養を向上させることに努めていた。

それが国民の間に浸透しているから、いざ事が起こると、兵士は国家のために勇敢に戦う。国民はそういう兵士たちに感謝し、いっそう敬意を払う。そこにアメリカ兵の強さがあった。

フォート・デュポンに来て最初に感じたように、アメリカの将兵は、自分の「職務」ということに対する責任観念も非常に強い。「地位」よりも「職務」へのこだわりが強いように見えた。

気の重い密命

フォート・デュポンでの仕事は半年間の予定だった。

残り二カ月ほどになり、銓一はそろそろ帰国に向けた準備もしなければいけなくなった。連隊に短い期間の休暇申請をして、手続きのためにワシントンに向かった。

ワシントンの日本大使館で所用を済ませると、挨拶のために武官室に顔を出した。すると、田中静壱大佐から

「おおー、鎌田。良いところに来てくれた！　いやー、ほんとによかった」

と声をかけられた。いつも冷静に話をする田中大佐が、ものすごく興奮している様子だった。

「田中大佐、何か良いお話でもあるんでしょうか？」

「いや、そうじゃないんだが、折り入って頼みたいことがあってな」

「私にできることですか？」

「君じゃなきゃできん仕事だ」

「どういう仕事でしょうか？」

話を聞いて、銓一は驚いた。

田中大佐のところに日本から暗号の極秘電報が届いたという。国際連盟の脱退表明をした日本に対するアメリカ軍の動向を探れ、というものだった。一九三三年三月に日本は国連脱退を表明し、いよいよ国際的に厳しい状況に置かれ始めていた。アメリカ軍の動きを知ることは、日本にとってきわめて重大な問題だった。それを探れと、日本大使館の田中大佐のところに暗号電報で連絡してきたのだった。

しかし、これはスパイ活動のようなものである。

田中大佐は懇願した。

「君は、アメリカ軍に入隊している。日本の軍人ではただ一人だ。隊でも信頼されていると聞く。アメリカ軍がどう動く腹があるのかどうか、秘密裏に探ってくれ。国家のために頼む」

田中大佐から信頼されていることはありがたかったが、自分にはとても務まる仕事ではない。

「田中大佐殿、自分は今、上原元帥閣下の命によって、アメリカの工兵技術を研修中の身です。作戦方面のことに関与して、もし失敗したら、上原閣下の信頼と渡米目的に反することになります」

「そう言われると、一言もない。しかし、それを曲げて頼めないだろうか」

「大佐殿は、だいぶ弱っておられる様子ですね」

「私のほうで動きたいのだが、アメリカの監視の目が厳しくて動けないのだ」

日本大使館の武官の動きはアメリカ情報機関が常に監視している。時期が時期だけに、監視の目が強まっていた。下手に動けば不測の事態となるため、田中大佐は自重していた。日本では、田中大佐の動きが緩慢なので、じれているようだった。

銓一は覚悟を決めた。

「急がずに、私なりのやり方でやってもよろしいですか。それならば、それとなく探りを入れてご報告いたします」

「おお、そうか。やってくれるか。もちろん急いではならん。急ぐと、し損ずる恐れがある。君に任せる。君ならきっと何か情報をつかめる。頼む」

田中大佐は銓一の手を強く握った。

連隊長の配慮

銓一はフォート・デュポンに戻るのが気が重かった。せっかく仲良くなったフォート・

デュポンの仲間を裏切るような気がして、どうしていいかわからなくなってきた。

しかし、日本軍人として引き受けた任務はやりとげなければいけない。

どうしたらいいのか――。

答えは出なかった。

迷った銓一は、真正面から連隊長に聞いてみようと思った。フォート・デュポン工兵第一連隊は、伝統あるアメリカ工兵隊の中でも最精鋭部隊とされており、連隊長には人物的にも、能力的にもすぐれた者が配属される。ウォトキンス連隊長もそれに違わぬすばらしい人物だ。工兵出身のマッカーサー参謀総長の信頼の厚い人に違いない。

銓一が日本の軍人でありながら、温かく迎え入れてもらい、連隊の中で何不自由なく働けているのは、ひとえにウォトキンス連隊長の支援があればこそだった。

銓一は、機会を見つけて、ウォトキンス連隊長に聞いてみようと思った。


連隊に戻った銓一は、連隊長の副官に空いている予定を聞いてみた。副官が予定を調べて伝えに来てくれた。

「連隊長はちょうど今、暇にしておられる。相手が欲しそうです」

「それならば、うかがってよろしいですか」

副官にお願いして、連隊長の部屋を訪ねることにした。

「鎌田、ワシントンから帰りました。休暇ありがとうございました」

「十分に用を済ませたかね？」

「おかげさまで。ありがとうございました」

「まあ、座りなさい。ワシントンの話でも聞こう」

ワシントンでの出来事を銓一は報告した。

銓一はまだ迷っていた。連隊長に例のことを聞いてみようかと思ったが、躊躇して何も言えなくなった。

銓一の顔があまりにも憂鬱そうに見えたのか、連隊長が聞いてきた。

「何か心配事でもあるのか。遠慮はいらない、言って欲しい」

「はい。極東の情勢が緊迫しており、この連隊のみなさんともそんなに長くいっしょに勤務ができなくなるかもしれません」

「それは、君の部下たちはさみしがるな」

銓一は、思い切って切り出してみようと、日本の置かれた立場を伝えてみた。日本の国土が狭く、人口増加のため満洲に進出せざるを得なくなったこと。しかし、国際的には理解を得られておらず、日本の為政者たちが悩んでいること。それらを正直に話してみた。

ウォトキンス連隊長は黙り込んでしまった。

やはり、まずいことを言ってしまったか――。

銓一は不安になり、どうしていいのかわからなくなった。

連隊長が口を開いた。

「よし、わかった。カマダ大隊長なら、マッカーサー参謀総長に信頼がある。閣下に私が案内しよう」

「えっ？」

銓一は、一瞬耳を疑った。

「カマダ大隊長の立場は了解した。心配するな。私に任せておけ！　悪いようにはしない。大隊長の立場を悪くしたら、私が将兵に恨まれる」

銓一は、連隊長のその言葉に感激し、申し出を感謝した。

マッカーサー参謀総長との対面

ウォトキンス連隊長は、ワシントンの参謀本部に連絡を入れてくれた。ただ、マッカーサー参謀総長は非常に忙しく、日程は空《あ》かなかった。

ダグラス・マッカーサー参謀総長は、ウェストポイント陸軍士官学校を満点に近い驚異的な成績で首席卒業し工兵少尉となった。父親のアーサーも陸軍士官で中将まで務めた。父親は日露戦争の観戦武官として日本軍に従軍した。そのとき、父親と共に、ダグラス将校も満洲に赴き、鴨緑江《おうりょくこう》、旅順、奉天と従軍し、観戦している。

日露戦争については、アメリカ軍ではマッカーサー参謀総長ほど詳しい人はおらず、当時の日本の将官の人柄や采配についてもよく研究をしていた。日本については非常に詳しい人だった。

また、最年少師団長、最年少士官学校長など、米陸軍の記録をことごとく塗り替えてきた人物で、フーバー第31代大統領の信任が厚く、ルーズベルト第32代大統領もマッカーサー参謀総長の任期を延長させて留任させた。

米軍の中でこれは前例のないことだった。

政権に大きな影響力を持つ陸軍軍人のトップであり、かつ日本について詳しい人であるから、彼の日本への見方を聞いておくことは非常に価値のあることであった。

しばらくして、ウォトキンス連隊長の副官から呼び出しがあった。連隊長室に入ると、

「おお、カマダ大隊長、参謀総長閣下との面接の日程が決まったぞ」

「ありがとうございます。準備いたします」

待望の日程が決まったことは良かった。ただ、日本の命運に関わる重大問題をどのように切り出したらいいのか、少し不安になってきた。


会見当日、ウォトキンス連隊長と銓一はワシントンの参謀本部に自動車で乗り付け、参謀総長室に向かった。

ことは、国と国の重大問題である。銓一は、自分の一言が日本の将来に大きく影響してしまうかもしれないと思うと、責任の重さに押しつぶされそうだった。

気持ちを奮い立たせようとして、総長室の隣室で待つ間、ずっと天井のシャンデリアを見つめていた。

副官が入ってきて声をかけた。

「どうぞ、総長室へ」

連隊長と銓一は、厚い絨毯を踏み、中へ入った。

二人で挨拶をした。マッカーサー参謀総長は、とても背の高い人なので、銓一は仰ぎ見るように顔を見つめた。促されて、テーブルの前のソファに座った。

参謀総長は、

「ウォトキンス大佐から、報告を受けた。余は、貴下の勇気ある行動に満足す」と言った。その低い声には威圧感があった。銈一は、次の言葉を待った。

参謀総長はテーブルに置かれた書類をパラパラと見ていた。

「余の国の各大学の留学生の成績調査票だ。この調査によると、日本の留学生の成績は抜群である。ことに、数学と科学部門は最高である。

このように優秀な頭脳を持つ日本民族が山海関《さんかいかん》を越えて平津《へいしん》地方に進出することを余は理解する。日本は国土が狭く人口が多いので海外に進出せざるをえない。

しかるに、満洲占領政策において、傀儡政権を立てて一時的に間にあわせるのは男らしくない。日本武士道精神で理を尽くして堂々と諸国に対して率直に説明すべきである」

それから、非常に厳しい口調でこう言った。

「もしも、もしもである。日本が驕慢増長して、太平洋を越えるようなことにならば、余は国民世論のもとに断固として叩くであろう」

言い終わると、拳でテーブルをバンッと叩いた。

マッカーサー参謀総長の決意のほどが伝わってきた。

会見を終えると、すぐに日本大使館の田中大佐に報告した。「日本にとって重大な情報だ」と、田中大佐は喜んでくれた。

上原元帥への報告は叶わなかった

銓一がフォート・デュポンを去る日が近づいてきた。

仲間たちは別れを惜しんでくれた。仕事を終えると、コントラクトブリッジ（トランプ）やボウリングをいっしょに楽しんだ仲間たちだ。

「センイチ、日本に帰らんでくれ。おまえがいなくなると、さみしくなる」

「私は光輝あるアメリカ工兵第一連隊で、工兵技術を学んだ。それを最前線で活用してみせる。その戦果を必ず報告するよ」

「もし、日米両国が、不幸にも戦闘状態になったら、われわれは一個小隊でおまえを保護するよ」

「おお、サンキュー」

目頭が熱くなった。銓一は仲間たちとの別れを惜しんだ。

銓一は、ワシントンでしばらく勤務することになったが、帰国までに少し時間があったのでボストンに向かった。アメリカでの母ともいえるクーパー夫人に一言お別れを言いたかった。

車でボストンに入り、クーパー邸に着くとベルを押した。

出てきたドロシー嬢は驚いていた。

「オー、ミスター・カマダ！」

二階に向かって、

「おばさま、ミスター・カマダ、ミスター・カマダ」

クーパー夫人が降りてきた。

「おお、我が子センイチ、よく来てくれました」

「いよいよ、アメリカを発つことになりました。せめてお別れの言葉をと思って」

「いつ帰るの？」

「来年一月十日にボルティモアの港を出ます」

「まだ、日にちがあるじゃないの。このまま帰ることをママは、許しません」

銓一は、クーパー夫人に甘えて、しばらく滞在させてもらった。クーパー夫人、ドロシー嬢、銓一の三人だけで何日も過ごした。その後、ふり切るようにして銓一はボストンを後にした。二人はいつまでも車に手を振って見送ってくれた。

昭和八年（一九三三）一一月、陸軍の巨星上原元帥が亡くなったとの報を聞いた。上原元帥は銈一の留学のきっかけをつくってくれた恩人であり、陸軍にとっても欠かせない人物だった。「これからは、ドイツでなくアメリカだ」という一言のおかげで、銈一は高いレベルの技術を身につけることができた。先を見据えていた上原元帥の死は日本にとって大きな損失である。

銈一の報告を、おそらく一番待ちわびてくれていたのは上原元帥だ。きっと楽しみにしてくださっていたと思う。アメリカで見たコンクリートのことを根掘り葉掘り聞いてくださったに違いない。

その元帥にもう報告ができなくなってしまった。元帥の恩に報いるためにも、学んできた技術をお国のために生かそうと思った。

第五章

兵站《へいたん》を軽視して、勝つことはできない

ヨーロッパの要塞と交通

アメリカを経《た》ち、ヨーロッパを視察してから銈一は帰国した。ヨーロッパではフランス、イギリス、ドイツなどを視察した。もともと「要塞のコンクリート研究」が渡米目的であったから、銈一は以前からヨーロッパで要塞を見たいと思っていた。特に見たかったのはフランスのヴェルダン要塞である。

第一次大戦の初期には、ドイツ軍がフランスの要塞を次々と破った。この結果を見て「要塞は役に立たないのではないか」と言う人が多くなった。「要塞の破産」という言葉が流行り、要塞不要論まで出た。要塞をつくっても、攻撃側の技術の進歩によってすぐに攻略されてしまう。お金をかけて要塞をつくっても、旧式の役に立たない要塞を持ち続けるだけだと言われた。

ところが、ヴェルダンの要塞はドイツ軍の攻撃に耐え抜いたのだ。要塞不要論の見直しの端緒となった要塞なので、銈一はどうしても見ておきたかった。現地を詳細に視察し、技術的な要素を徹底的に調べ上げた。補給に不可欠な外部と要塞の交通面（地下交通路、隧道《すいどう》）についても調べた。かなり参考になる情報を得られた。

フランスから船でイギリスに渡った。

そのころ、英仏間の海底トンネルの軍事的側面が話題となっていた。トンネルによって直結されると、交通上は有利になるが、防御上は不利になる。軍事的に有利なのか、不利なのか議論が続いていた。

銈一は現地で面白い話を聞いた。

英仏の協議によってトンネルの縦断面をW字形にするのだという。フランス方面から攻め込まれたときには、イギリス側から水を注入してW字形のイギリス側の凹部を水で満たす。そうすると、フランス側から攻め込めなくなる。逆に、イギリス側から攻められたときには、フランス側の凹部を水で満たしてイギリスから攻め込めないようにする。

地上に出る部分は、お互いに海岸に近いところに配置して、軍艦から攻撃が可能なように計画する。これによって英仏は安心してトンネルを完成させられるということだった。

非常に面白い構想なので、実現して欲しいと銈一は願った。

イギリスの次はドイツに入った。もともとドイツ留学を希望していた銈一は、熱心にドイツ語を学んできた。ドイツに入って「さあ使おう」と思って話してみたら、英語混じりのおかしなドイツ語しか言えず、みんなに笑われた。あれだけ学んできたドイツ語が通じなくてショックを受けた。

ドイツからは列車でシベリアを経由して帰国することになった。銓一は少尉時代にシベリア出征に従軍しているが、シベリアは見違えるほど立派になっていた。

日本への帰途の列車内で食事をしようとしたら、「食堂車がないので、駅の食堂に行け」と言われた。駅で降りて食堂で大きなビフテキを食べていると、「急に発車することになった」と言われてあわてて列車に飛び乗った。ふと見ると、ビフテキが手に握られている。非常の場合には肝心なものは決して忘れない、ということに自ら感心した。手は油でベタベタになっていた。

こんな珍道中のようなことを繰り返しながら、長い旅をおえてやっと銓一は日本にたどり着いた。

交通課長として東京港を開く

帰国後は、陸軍省防備課部員となり、昭和十三年三月からは陸軍省交通課長となった。このとき大佐に進級していた。

平時であれば交通課長職はそれほど大きな力はない。しかし、前年の昭和十二年から中国との戦争が始まっており陸軍省の力は強まっていた。交通課長職でも影響力は大きかった。銓一は、図らずも若干の権力を持ってしまったが、おかげで仕事そのものはやりやすかった。

ある日、銓一のところに、実弟から連絡があった。銓一の弟は仏門に入り、当時寺の貫首《かんじゅ》をしており、同時に地元台東区の役員のようなこともしていた。後に池上本門寺派の権大僧正《ごんのだいそうじょう》になった。

その弟から、東京港についての依頼を受けた。聞けば、東京市が東京港の開港を切望しているが、横浜市と神奈川県の猛反対を受けて実現できないという。東京港開港の陳情のために、東京市の庶務課長を伴って、弟が陸軍省に来た。

銓一は庶務課長の話をじっくりと聞いた。港湾を主管するのは逓信省だから、逓信省の関係局の意向を尋ねた。

逓信省では、神奈川の地元代議士と知事が反対することは目に見えているので、「東京」対「神奈川」の争いに巻き込まれたくないと考えているようだった。

東京港については、関東大震災の際に陸上交通が寸断されてしまったことから、開港の必要性が議論されるようになった。埠頭の建設は行なわれたが、開港には至っていなかった。首都圏の海の玄関口は横浜であり、東京が開港すると横浜は大きな痛手を受ける。神奈川、横浜は大反対なのである。

銓一は、アメリカ工兵隊に所属しているときに、港湾、河川、鉄道、橋梁など、多くのことを学んできた。工兵隊は軍の仕事だけでなく、米国全体の港湾事業も管轄していたため、港湾のこともよく知っていたし、アメリカの都市は港湾によって発展がもたらされたことも学んでいた。

銓一は、国家の今後のことを考えると、東京港開港の必要性を感じた。だが、アメリカ工兵隊と違って、日本では陸軍省に主たる管轄権はない。銓一は、「東京市長が逓信省と、もう一度、直談判してはどうか」と提案した。

東京市は再度逓信省に会談を申し入れた。その談判の場で、東京市は、陸軍省からは好感触を得ていることをにおわせた。

すると、逓信省は

「陸軍が開港の許可を与えるというならば、賛同しましょう」

とあっさりと答えたという。

当時の陸軍の権威は非常に高く、陸軍の名を持ち出すと何でも決まってしまう始末であった。東京市は非常に喜んだ。

案の定、神奈川は反発し、代議士たちを動員して反対運動が繰り広げられた。銓一のところにも反対陳情団が押しかけてきた。

そのときに銓一はこう言い切ったのである。

「国家は今、非常のときである。一部地方の利害感情で、国家将来の大局を誤ることはできない。東京はいまや世界三大都市の一つとなった。直接船舶を東京に入れることは、陸運の不便と経費と時間の節約となり、益することが多い。ニューヨーク市には港があるから今日の繁栄となった。世界の大都市東京が港を持つことは自然の帰趨《きすう》であろう。これに反対する何の理由も見いだすことはできない」

陳情団一行は誰も異を唱えることはできなかった。銓一の考えに納得したかどうかはわからないが、少なくとも陸軍には逆らえなかったようである。昭和十六年五月に、東京港は開港した。

後日、銓一は、東京市の大久保留次郎市長から「其功照千古」（其の功　千古を照す）という感謝の額をもらった。

銓一は、大阪港とも縁があった。昭和三年から始まっていた大阪港の改修工事中に中央埠頭突堤《ふとうとってい》が破損したが、鉄材、コンクリートの資材が足りず、改修することができずにいた。闇で資材を購入すれば入手できたが、闇ルートに大阪市の予算を使うことはできない。

交通課長の銓一のところに、大阪市長と助役が訪れ、支援の要請があった。

すでに戦争が始まっており、埠頭を破損したままにしておくと、軍需物資の輸送にも影響する可能性がある。銓一はすぐに手配をして、大量の鉄材を大阪港に回した。

銓一は交通課長としてすべきことをしたまでではあったが、大阪市長と助役は非常に喜び、銓一の処置にずっと恩を感じていた。戦後のことだが、銓一に対して彼らは宝塚の別荘を贈呈したいと申し出た。いつまでも恩義を忘れない日本人の姿勢に感激したが、「職務を果たしたまで」として銓一は断った。


銓一が交通課長時代に、関門海底トンネルの構想があった。地元の人たちは、下関と門司の間に海底トンネルができることを望んでいた。しかし、海底貫通工事は技術的な問題があるとして、鉄道省が許可しなかった。

地元の人たちはどうしてもトンネルが必要と考えており、北九州出身の出光佐三《さぞう》貴族院議員（出光興産創業者）を通じて、銓一のところに要望があった。

銓一は、話を聞いて技術的な見解に誤りがあると感じた。イリノイ大学、ＭＩＴで学び、アメリカ工兵連隊で実地の仕事をした経験から、海底トンネル工事は、決して至難な工事ではないと判断した。当時の技術力から見て、十分に可能な工事であった。

銓一は出光氏に工事可能であるから、正式手続きに踏み切ると伝えた。

陸軍省の建設賛成を知って、一転して、鉄道省は工事を認めることになった。これも陸軍の権威が働いたものであろう。

陸軍省交通課長時代には、後に首相になる福田赳夫《たけお》氏ともやりとりがあった。陸軍省の予算要求に対して、大蔵省主計官だった福田赳夫氏がかみついた。それほどの予算を要求するなら、詳細な資料を見せて、根拠を説明して欲しいという。陸軍の力が非常に強くなっているときであり、よほど腹の据わった人間でなければ、陸軍省に異を唱えることなどできない。それでも、三十代半ばの若き主計官福田赳夫氏は異を唱えた。

陸軍は、「軍の機密に関することは明かせない」として、通常は、外部に資料を見せることはなかった。

福田主計官が交通課長の銓一のところに来て、資料を出して欲しいと要求したとき、銓一は、

「ああ、よろしい。これを見たまえ」

と、あっさりと資料を差し出した。

福田主計官はあっけにとられた。軍事機密を見て良いと言われて驚いたようだ。しかし

福田主計官は大物である。パラパラとめくっただけで中身も確認せずに、

「わかりました。予算を捻出するように努力いたします」

と言って引き返していった。そして、大蔵省内で陸軍の予算増額に賛意を表明したのである。

銓一は、「この男は普通の官僚とは違う」と感じた。

陸軍省の局長会議に失望

昭和十五年七月、第二次近衛内閣が成立し、東條英機中将が陸軍大臣に就任した。東條陸相は非常に勤勉で、部下よりも早く出勤して精力的に働いた。「カミソリ東條」の異名の通り、他省庁との交渉でも常に主導権を握り、東條陸相のもとで陸軍の権力はますます増大していった。

陸相の強力な指導のもとで、局長たちもこれまでにないほど働いた。交通課長の銓一は忙しくなったが、政府の中で陸軍の力が増したことで仕事はさらにやりやすくなった。

ある日、局長が出張中のため銓一が代理として局長会議に出席することになった。銓一

は初めての局長会議参加を楽しみにしていた。幹部たちは、どんなすごい会議をしているのだろうと思っていたからだ。

出席してみると、非常に細々としたことが議題になっていて驚いた。局長たちはうなずくばかりで、ほとんど発言しない。たまに発言があると、それは東條陸相への露骨な追従だった。

正直なところ、がっかりした。これが本当に誇り高き陸軍の局長会議なのか。

因みに銓一が代理出席した日の議題は、女性の着物が長いとか短いとかそういったたぐいの話だった。銓一は途中から腹が立ってきた。一課長の身で、陸相に逆らうことなどできないが、少し質問してみようと思って、女性の着物の件を国防と何の関係があるのですかと質問した。

「バカッ！」

東條陸相の怒鳴り声が鳴り響いた。陸相は、

「小事をおろそかにすると、大事を誤るんだ。今日の会議はこれで終わり！」

と会議を終了させた。

その剣幕に周りの局長たちはびっくりしたようだった。会議後に銓一はある局長から

「貴様、案外、度胸があるな」

と声をかけられた。

東條陸相は、陸軍の全権を握っていて、逆らえば局長は首が飛ぶ。誰も逆らえる状況ではなかった。

銓一は、逆らうつもりはなかったが、意見は言うべきだと思って発言したのだ。アメリカにいたときには、自分の意見を言うのが当たり前だったし、意見が対立するのも普通のことだった。

しかし、そういうところも、周りの人間からは「アメリカかぶれ」と見られて、快く思われなかったのであろう。

銓一とて、出世を希望しないわけではないが、陸大出でもなく、また工兵でもある。工兵が下に見られる陸軍の中で出世の可能性はほとんどなかった。

アメリカで学んできたのは、技術を研究したかったからであり、技術のことを考えるのが好きだったので、技術にかかわる仕事ができれば、役職は何でも良かった。陸相に嫌われて、飛ばされても仕方がないと思って仕事をしていた。

アメリカの力を過小評価

国際状況は緊迫してきた。ヨーロッパではドイツが戦争を始めており、全欧州を席巻しつつあった。昭和十五年（一九四〇）六月にはパリは陥落した。イギリス上空ではドイツと空中戦があり、イギリスも苦境に陥っていた。彼らはアメリカの参戦を望んでいた。

資源のない日本は、資源を求めて南進政策を進めたが、アメリカから、鉄屑や航空機用ガソリンなどの経済制裁を受けることになった。アメリカと外交交渉を続けたが状況は厳しい。アメリカは日本に対してさらに圧力を強めようとしていた。

陸軍省では、対米戦についての検討が行なわれた。作戦部の参謀を中心に機密の説明会議があり銓一も呼ばれた。メンバーは、士官学校同期の大佐クラスの者たちだった。

局長会議とは違って、議論は非常に活発だった。

アメリカは英仏連合の救援に向かうであろうから、太平洋を越えての戦争はまずあり得ないという意見が多かった。

また、ソ連と日ソ中立条約が成立すれば、満蒙《まんもう》は安全となる。この機会に、南方を占拠して資源を確保することが必要という意見も少なくなかった。

そのうえで、現在の日本陸海軍の力をもってすれば、アメリカは恐るるに足らずという意見に集約されていった。

銓一は反対意見を述べたが、みな気負い立っていてとても彼らを抑えられる状況になかった。銓一は、「アメリカの力を甘く見るのは危険だ」と強く言ったが、聞いてもらえなかった。アメリカはすでに仮想敵国と見なされている国であり、銓一のアメリカ留学経験は、不利に働くことはあっても有利に働くことはなかった。「こいつは、アメリカの物量に幻惑されて、臆病になっている」と見られるだけだった。

日本国内では、「アメリカ国民は自己中心的であり、バラバラでまとまりがない」という見方をする者が多かったが、銓一は「それは違う」と思った。

銓一が在米中に、ルーズベルト大統領による「バンク・ホリデー」があった。大恐慌後の危機に際して、大統領が銀行休業を決定し、その間に銀行再建策を進めようというものだった。

アメリカ国民の多くはチェックアカウント（小切手が使える口座）を使い、現金を持たないので、銀行休業は非常に困る。

しかし、自分たちが選挙で選んだ為政者を信頼し、任せるという意識が強かった。為政者がひとたび決定すれば、国民はそれに従うことをいとわない。銀行が休業し、生活に困窮したのに、あまり騒がず、静かに為政者の判断に委ねていた。銓一は、大統領の決定に静かに従う国民を見て、彼らは危機の際にはまとまる国民だと感じた。アメリカ国民の政治的な成熟度を見る思いがした。

また、柴大将が見ていたように、アメリカの将兵は、普段は平和的で、細かいことを気にしないおおらかな性格だが、いったん危機が起こると、驚異的なまとまりと強さを発揮する。死も恐れない。アメリカの将兵はかなり手強い。日本の陸軍の一部の人たちは、そのことを見誤っている気がした。

日本は、天皇を上御一人《かみごいちにん》として、代々尊崇し、天皇の軍旗の下、皇軍は勇猛果敢に戦い、世界に勢威を示した。

銈一は、そのことを日本国民として誇りを持っている。しかし、だからといってアメリカの力を過小評価しすぎているのではあるまいかと危惧した。

アメリカには底知れぬ力があるし、アメリカ国民は事があるとまとまる国民性を持っている。それを軽視するのは危険だ。

朝鮮海峡のトンネル構想

日本の作戦立案者たちは「交通」に関する観念が低いことも銈一は懸念していた。

一本の樹木を鑑賞するときに、日本人は花を見て、果実を見る。幹を見る者は少ない。

しかし、幹は、樹木に花を咲かせ、実を結ばせるのにもっとも大切なものである。戦闘現場が花であるならば、交通施設は幹に当たる。

日本の作戦担当者は、物資動員計画を立案するときに、工場には重点的に資材を配分するが、交通施設への配分は軽視する傾向があった。物資を製造しても、必要な場所に届けることができなければ、役に立たない。交通を含めて樹木全体を見なければならないというのが銈一の考えであった。

我が国は四面海で囲まれているため、戦争をするときには大量の船が作戦用として徴用される。これまでの戦史を見ても、保有船舶以上に作戦に徴用されることが多かった。

日清戦争のときには、保有船舶十六万五千トンに対して、陸海軍の最大徴用数は、一七万二千トン。日露戦争では、保有船舶六十五万トンに対して、最大徴用数七十二万トンだった。両大戦とも、保有以上の船舶が作戦に使用され、不足分は外国から借り入れた。日露戦争の時には、同盟国イギリスが輸送船を貸してくれたので、何とかしのげた。

これは、作戦に要する船の分であって、それ以外に、国民生活を確保し、生産を拡充させるために相当数の船が必要になる。船が足りなければ、戦争は不可能である。

太平洋に進出すれば、圧倒的に戦域が広くなり、おびただしい数の輸送船が必要になる。弾薬、諸物資を送れなくなったら、現地の部隊は全滅させられてしまう。国民生活のための船も確保しておかないと国民が飢え死にする。潜水艦や飛行機で船が撃沈されたら、ますます船の数が減ってしまう。米英を敵として戦うならば、米英から船を借り入れることもできない。

銓一が交通課長として戦争反対の意見を述べた根拠はここにあった。輸送船が足りないのだから、戦う前から苦戦は明らかだった。

戦術家たちは島嶼《とうしょ》を占領し、そこに兵力を配置すれば確保しうるものと簡単に考えすぎているとしか思えなかった。補給できなければ、いったん占領してもそこを維持できなくなる。攻撃を受けたら全員玉砕となりかねない。

このほか、道路に関する認識もまったく不足していると感じていた。朝鮮、満洲では、道路事情がきわめて悪かった。鉄道の整備は進んでいたが、もし鉄道が破壊されたら交通は途絶してしまう。

支配地域を維持するには道路整備が不可欠であるにもかかわらず、力を入れていなかった。水路、港湾なども含めて、総合的に交通を考えなければいけない。

銓一が温めていた構想は、朝鮮海峡のトンネルだった。満洲に大兵力を送るには、海峡にトンネルがあったほうがいい。交通課長として密かに調査をさせていた。技術的には困難が伴うが、必要ならばやらなければならない。

正確な数字を出して説得しなければ、作戦担当者たちに耳を貸してもらえそうにない。

銓一はその道の専門家である逓信省の新谷《しんたに》寅三郎（戦後、郵政大臣、運輸大臣）を陸軍省の嘱託《しょくたく》として招聘《しょうへい》して、船舶輸送に関して研究してもらった。

中国大陸と東アジア諸国に輸送する兵器弾薬、諸物資、兵力輸送のために必要な船舶の量を聞いて、気が遠くなるようだった。日本が保有している船舶だけではまるで足りないのである。

国の一大事であるから、銓一は断固たる決意のもとに東條陸相に直談判しようとした。しかし、陸相をとりまく参謀たちは銓一の動きを察し、止めようとした。銓一は南支戦線へ左遷されることとなった。対米戦に反対する銓一は、陸軍省の中で「アメリカに骨抜きにされた臆病者」「アメリカかぶれ」とみなされていた。

戦時下の鉄道敷設は予想以上に困難

銓一は、南支鉄道第五連隊長として鉄道敷設の仕事をすることになった。銓一としては現場に出られることはうれしかった。せっかくアメリカで学んできたのに、これまでは内勤しかさせてもらえず、現場で生かすことができなかった。学んできたことを現場で活かせる。「アメリカと戦うことにならねばいいが」とは思ったが、現場で技術を生かせると思って意気込んでいた。

翌昭和十六年に、東條英機大将が首相に就任した。そして、開戦が決定され、対米戦が始まった。銓一は、戦争が始まった以上、軍人として戦場にありたいと思っていた。

銓一は、鉄道司令官として一層鉄道敷設に力を入れた。最初は、南支で鉄道敷設に携わった。

実戦の場に出て初めてわかったのは、理論と実際は違うということだった。

南部仏印では、部隊が携行したのこぎりでは木材を容易には伐採《ばっさい》できなかった。木質がきわめて堅緻《けんち》な木だったからである。

川に浮かべてみると、木が沈んでしまう。

「木は軽いから浮く」と思っていたが、大きな間違いだった。調べてみると、比重が一・二くらいあったので、兵士に苦労をかけて、水の中に入ってもらい、所定位置まで動かしてもらった。

銓一は、事前の現地調査がいかに重要か身にしみてわかった。計画前に現地の木材についてよく調査しておくべきであった。

もう一つ、実戦の場で実感したことは、撤退は非常に難しいということだった。「戦場で攻めるは易く、退くは難し」と言われるが、その通りだった。

日本軍は南部仏印進駐に伴って、南支の南寧《なんねい》に駐屯する部隊の退却作戦を行なった。鉄道を使って前方から資材・兵器等を引き揚げてくるわけだが、引き揚げていることが敵にわかってしまうと攻め寄せてくる。引き揚げているように見せずに、列車で後方に運び出さなければいけない。

しかし、前方から後方へ次々と運び出そうとしても、後方に列車が詰まっていては運び出せない。後方で効率的に船積みをすることが重要になる。

一番大変な作業は、機関車の船積みだった。機関車の重量で桟橋が沈んでしまわないように、潮の満ち引きを見計らって迅速な積み込み作業を行なう必要があった。

銓一は、需要と供給を一致させるという「工業経済の原則」を適用して、必要なところに必要なだけの人員を配置して円滑に処理できるように計算した。

前方よりも、後方部分が重要であるから、後方に優秀な将校を重点的に配置して、鉄道と船の連絡に当たらせた。これによって何とか予定日内に撤退することができたが、撤退戦はやはり難しかった。

昭和二十年（一九四五）一月に、銓一は北京に異動した。

北支では、線路が爆弾で破壊されて、輸送力は大きく下がっていた。昭和十九年（一九四四）末には、輸送力は一日十万トンから四万トン程度まで低下。そこから盛り返して、終戦時には一日九万トンにまで回復させた。

「いよいよこれからだ」と思っているときに、終戦が決まってしまった。

第六章

マッカーサーが突然やって来た

工兵の絆

昭和二十年（一九四五）八月二十八日。

前に書いた通り、厚木で先遣隊を迎えた銓一は、思いがけずフォート・デュポン工兵第一連隊の仲間たちと再会した。その結果、先遣隊と日本側委員はとてもうまく連携できた。

銓一は、少しずつ状況が飲み込めてきた。北京から帰国した日に河辺中将から聞いたのは、マッカーサー元帥が銓一を出迎えの委員長にするように求めたらしいということだった。先遣隊長として送り込んできたのは、銓一の部下であったテンチ大佐である。同じく部下であったダン大佐まで送り込んできた。

どうやら、銓一の知らないところで、シナリオが描かれていたようである。銓一はマッカーサー元帥の深謀遠慮を感じた。

テンチ大佐、ダン大佐とは、久しぶりの再会ではあったが、すぐに昔のような関係に戻った。工兵には、上官、部下の関係を超えた強い絆がある。エンジニアとしての誇りを持つ者の絆だ。マッカーサー元帥も工兵出身であり、「工兵の絆」で結ばれた一人だ。

「工兵の絆」で日本進駐を成功させようとしているのではないだろうか――。

銓一はそう思わざるをえなかった。

それにしてもよく間に合ったものだ。銓一への内命が一日遅れていたら、飛行機のプロペラは外されていて、テンチ大佐、ダン大佐に会うこともなかった。「工兵の絆」も活かされなかった。また、天候が悪化しなかったら、日程を二日間延期してもらうことができず、受け入れ準備は間に合わなかった。

まさに幸運の連鎖が起こったとしか言いようがない。銓一は、「日本に神風が吹いた」と思った。この幸運を生かさなければいけない。

三十日のマッカーサー元帥到着まではあと四十八時間もないが、全力を尽くそう。

厚木飛行場の滑走路は、大型機の着陸には適していなかった。滑走路自体はコンクリート製だったが、誘導路は整備されていなかった。もともと海軍機の飛行場なので、重い飛行機を想定しておらず、誘導路はあまり地固めされていなかった。

先遣隊輸送機が着陸した際には、一機が誘導路の地面にのめり込む出来事があった。総司令部一行は、大型機で着陸する予定だ。大型機を安全に着陸させ、誘導するには誘導路の拡張と地盤強化が必要であった。

三十日は、朝から晩まで、大型輸送機が三分ごとに着陸する予定だった。滑走路に留め置くわけにはいかないので、誘導路に飛行機を移動させなければならない。誘導路にのめり込む機があると、後続機が着陸できなくなる。一機の事故もなく、全機を安全に着陸させるために、何としても誘導路を整備しなければ。

急ぎ誘導路の拡張工事が行なわれた。しかし、地盤を固めるにも日本には機械がない。近くの河原からトラックで運んできた砂利を砕いて敷き詰め、人力でコンクリート製のローラーを引いて固めるという、きわめて原始的な方法でやらなければならなかった。重労働であるため、作業員総動員で交代しながら行なった。

この様子を見ていたテンチ大佐が銓一を呼んだ。あまりにも幼稚なやり方に腹が立ったようだ。親しいがゆえにそのいらだちは銓一にぶつけられた。

「ジェネラル・カマダ！　貴殿は光輝あるアメリカ工兵第一連隊出身なのに、なんという時代錯誤的な工事をしているのか。これでよく我が国に挑んできたものだ。なぜ貴殿が研究した技術を日本で活用しなかったのか。まったく不思議である」

負けん気の強い銓一は言い返した。

「我々には大和魂という武器がある。だから貴国を苦しめたのだ。だが、今日のところは、何とかして誘導路の整備を完成させなければいけない。ついては貴国の優れた土木技術の力を貸していただけないか。さもないと着陸に支障を来し大変なことになる」

「相変わらず気の強い大隊長殿だ。わかった。誘導路は共同責任として、できるだけ応援しよう」

「それじゃあ、フォート・デュポンの戦友殿。仲良くやろう」

「ははは、大隊長殿の作戦勝ちだ」

テンチ大佐は笑いながら、協力を約束した。

銈一は、本当は恥ずかしく思っていた。アメリカ工兵隊の教育を受けた銈一にとっては、機械を使ったアメリカの作業と比べて、人手に頼る日本のやり方が、いかに幼稚なレベルかわかっていた。厚木にはブルドーザー一台すらなかった。

ガダルカナル島などで活躍したクレスウェル大佐は、後に銈一にこう述べている。

「上陸作戦のとき、日本軍は第一に歩兵を上陸させて突貫させる。損害は甚大である。アメリカでは第一にブルドーザーを上陸させ、次にコンクリート・ミキサーを上陸させる。しっかりした掩蔽部《えんぺい》を構築した後、重砲で敵陣を破壊し、最後に歩兵が上陸する。これが、なぜ島嶼部で日本が敗れアメリカが勝ったかを物語るものである。

ニューギニア作戦をしていたとき、米工兵隊に道路構築が命ぜられた。進捗状況を知るために糺《ただ》すと、上官が見に行くと、みな寝ていて工事は進捗していなかった。不思議に思って隊長に糺すと、『ブルドーザーがないからだ』と答えた。アメリカ軍では、それは、現場の責任ではなく、ブルドーザーを送らなかった者の責任とみなされる」

マッカーサー元帥の到着を控えて、今すぐ使えるブルドーザーが一台もない。すべて人手でやるほかなく、休憩も与えず、鞭撻《べんたつ》に鞭撻を加えて工事を急がせた。

風速表示・方向表示などの設備も乱雑になっていた。格納庫内を見ても、どこに何が置かれているのかわからない。銓一は探すだけでも骨が折れた。

着陸機を混乱させないために、標識もきちんとつけておかなければいけない。アメリカ軍は万事が整然とされていることを求めるので、格納庫にも必ず表札を貼る必要があった。

先遣隊に手伝ってもらって、教えを請いながら整備が行なわれた。アメリカは夜間着陸設備の設置も求めていたため、やはり先遣隊の工兵たちに協力をしてもらい、受け入れ準備が続けられた。

マッカーサー用の車が盗まれた

マッカーサー元帥到着の前日。そろそろ日が暮れようとしていた。突貫工事で何とか誘導路の準備は間に合った。

ああ、これで明日、部隊を迎え入れできる――。

銓一は少しホッとしていた。そこへ、警備兵士が駆けてきた。

「閣下、大変なことになりました」

「何事が起こったのか？」

「マッカーサー元帥閣下用の自動車が行方不明です！」

「何だって？　どういうことなんだ？」

「どうやら盗まれた模様であります」

「あの車が盗まれたのか？」

「そうであります」


当時の日本の自動車産業はまだ揺籃《ようらん》期であり国産車は故障が多かった。そのため外国車を輸入して乗用車として使っていた。乗用車そのものが非常に珍しかったが、戦争のために輸入が途絶え、さらに少なくなっていた。政府要人でさえ古い年式の外国車を使い続けるしかなかった。

そんな中でマッカーサー元帥用に用意してあった外国車が盗まれてしまったようだ。盗んだのはアメリカ兵と思われた。

委員長の有末中将のところにも、自動車の運転手から報告が入っていた。盗まれたのは一台ではなかった。米軍高官の移動のために、外相、陸相、海相の政府公用車を使う予定であったが、いずれも盗まれてしまった。代替車を用意するにしても、故障したポンコツの日本車しかなく、マッカーサー元帥の乗る車は一台もなくなってしまった。

その後のいきさつは、銈一は、有末中将から聞いた。

有末中将の手記によれば、次のようなやりとりがあったという。

有末中将が急ぎテンチ大佐のもとに行き、自動車が盗まれたことを伝えた。ただ、アメリカ兵が盗んだことは伏せておいた。

「何者かによって、明日マッカーサー元帥閣下以下が乗る自動車が盗まれ、一台もなくなってしまいました。何とか捜索をお願いしたい」

テンチ大佐はすぐに自分の部下が盗んだと気づき、憤慨した。

「私の部下が盗んだのだろう。必ず取り返してやる！」

夜も更け、時間は午後十時を過ぎていた。テンチ大佐は何時までに揃えればいいかを聞いてきた。

「何時までにそろえればよろしいか。明朝五時まででよろしいか」

「誠に恐縮ですが、掃除をしたり、名札を張ったりすることを考えて、明朝四時までに願えませんか」

「引き受けた」

テンチ大佐は早速バワーズ少佐に厳命を下し、捜索が始まった。バワーズ少佐は兵隊を集め一晩がかりで捜索に当たった。

翌日午前四時前、テンチ大佐から有末中将のところに電話が入った。

「車はすべて取り戻した」

有末中将が表に出ていくと、テンチ大佐自らが自動車の前に立っていた。約束通り、自動車をすべて取り戻してくれたのである。

この話を聞いて、銓一は、あらためてテンチ大佐は信頼できる人物だと思った。

敗戦を思い知らされる

八月三十日、いよいよマッカーサー元帥が乗り込んでくる日を迎えた。この日は歴史に刻まれる一日になる、と銓一は思った。

マッカーサー元帥は午前八時頃厚木基地に到着する予定と聞いていた。接伴委員一同は、早朝から一段と張り詰めた気持ちで、出迎えの手はずを整えた。夏の日差しが滑走路に降り注いでいた。

やがて厚木上空にかすかに飛行機の音が響き始めた。次第に爆音に変わり輸送機が近づいてきた。時間は七時。予定より一時間も早い。接伴委員は慌てて準備を整えた。

輸送機は低空を円を描きながら飛び、周辺状況を偵察している様子だった。それからしばらくして着陸した。有末中将、銓一ら接伴委員は滑走路に走った。

停止した輸送機から銃を持った兵士が何人も降りてきて、戦闘態勢をとるかのように兵士たちが輸送機の周囲を固め、物々しい雰囲気になった。

大物が降りてきそうな気配である。マッカーサー元帥の到着か。接伴委員たちは固唾をのんで輸送機の入り口を見つめていた。

輸送機からは、鉄製のヘルメットをかぶり、濃緑の戦闘服に身を包んだ将校が降りてきた。空挺師団司令官スウィング少将だった。

迎えに出た有末中将が、敬礼をしたあと、握手の手をさしのべると、「ノウ。ノウ」と手をはねつけ、「格納庫に案内せよ！」と厳しい口調で命令した。

その様子を見て、銓一は衝撃を受け、敗戦の現実を思い知った。我々は負けたのである。

スウィング少将が格納庫に案内させようとしたのは、上空から見て、格納庫付近に日本兵を多数見かけたから、ということだった。

「一兵たりとも日本兵を飛行場に入れるな！　直ちに撤去させせよ！　すべて私の部下と交代させせる！」

と激怒している様子。

しかし、これはスウィング少将の誤解である。進駐軍を警備するために配備した日本兵を危険視されてしまったようだ。

有末中将は誤解を解こうとして、進駐軍の警備のための人員であることを説明した。

だが、スウィング少将は、

「ノウ。ノウ。日本人は嘘つきである。ガダルカナルやレイテ、ルソン、サイパン、我々は幾度となくひどい目に遭わされた。降参した日本兵が突然、抜刀して切り込んできて、我々の部下を殺した。日本人は命知らずの野蛮人だ。少しも油断することはできない」

と吐き捨てた。

スウィング少将はマッカーサー元帥らの安全を確保するために先着した司令官だ。他の司令官と違いスウィング少将だけは完全軍装していた。護衛任務のために、少しの危険も見逃さず、万全を期そうとしたのであろう。我々の英語力では心許ないと思い、英語の堪能な通訳を介して、言葉を重ねて説明を尽くしても、スウィング少将の猜疑心はなかなかぬぐえなかった。

スウィング少将は「日本人はすべて危険である」と言うので、厚木を中心に半径数キロ以内の日本人は、老若男女を問わずことごとく撤退させるべきだという意見まで出たほどである。

とりなしてくれたのは、先遣隊長のテンチ大佐だった。二日間で日本側接伴委員とかなりの信頼関係ができていたので、「彼らの言葉を信じても良いでしょう」と助言してくれたのだ。マッカーサー元帥の信任が厚いテンチ大佐の一言には重みがあった。

スウィング少将率いる空挺師団の精鋭が到着して一時間ほどして、第八軍司令官アイケルバーガー中将機が着陸した。

アイケルバーガー中将は、スウィング少将とは対照的だった。ヘルメットではなく軍帽をかぶり、にこやかな顔で降りてきた。

接伴委員長の有末中将とも笑顔で挨拶した。アイケルバーガー中将は、日本の諸将との親交を持った将校だった。

それは第一次世界大戦の終わり頃、ロシアで暴動が起こったとき、日本、アメリカはシベリア在住の自国民を守るために遠征軍を送った。そのときにアイケルバーガー中将はシベリアに参謀として派遣され、日本軍と作戦行動を共にしていた。日本では大井成元《しげもと》大将(当時中将)がシベリア派遣軍司令官だった。アイケルバーガー中将は、そのとき、大井大将、原口初太郎中将らと交流を持った。

厚木の地を踏んだアイケルバーガー中将は、有末中将に大井大将らの消息を尋ねた。友情に厚い将軍であった。

親しげなアイケルバーガー中将の態度に接伴委員一同ホッとした。テンチ大佐は側にいてアイケルバーガー中将と有末中将の会話を満足げに見つめていた。スウィング少将とはかなり違っていたので、銓一も少し安堵した。

マッカーサー到着を誰も見ていない

午後二時前、マッカーサー元帥を乗せた大型機『バターン』号が厚木上空に現れた。着陸したバターン号からマッカーサー元帥が降りてきた。

サングラスをかけ、愛用のコーンパイプを加えながら、タラップを降りる姿は、報道写真に残る有名なシーンだ。

しかし、接伴委員の有末中将も銓一もこの場面を見ていない。

マッカーサー元帥を護衛するスイング少将が、「元帥は日本人の出迎えは誰からも受けない」という方針を伝え、先に横浜に向かうようにと指示したからだ。マッカーサー元帥は新聞記者の撮影だけは受けるという。

日本政府は最高司令官の出迎えのため、政府代表として陸軍の河辺参謀次長、海軍の横山少将、外務省の岡崎勝男氏を厚木に赴かせた。三人はいずれも八月十九日にマニラに使節団として出向き、最高司令部と協議したメンバーだ。だが、マッカーサー元帥は日本人の誰とも会わない方針だったため、政府代表一行も厚木では面会できなかった。

マッカーサー元帥の周辺には、近づくことさえできなかった。厚木飛行場は、スウィング少将率いる空挺師団が完全警護をしており、米軍高官と新聞記者以外誰も寄せ付けなかった。日本人委員はみな離れた場所で遠巻きに見ているだけだった。

バターン号から降りたマッカーサー元帥は、アイケルバーガー中将、スウィング少将らの出迎えを受けた。

マッカーサー元帥の第一声は、アイケルバーガー中将にかけた言葉だった。

「ボブ、メルボルンから東京までは長い道だったが、どうやらこれで行きついたようだね」

マッカーサー元帥は、幕僚らを伴って厚木飛行場内を歩き、乗用車のある格納庫のほうへ進んだ。

接伴委員は、厚木から横浜までの道筋の案内や警護を入念に準備していたが、スウィング少将は、「元帥の警護はすべて米軍のほうでやるから、日本の警察が道案内だけせよ」とのことだった。

マッカーサー元帥は、用意されたアメリカ製の乗用車に乗り込むと、列をなして横浜へ向かった。宿舎であるニューグランドホテルに着くと、無言のまま中へ消えていった。

早くも、テンチ大佐との別れ

マッカーサー元帥出迎えまでは、接伴委員は厚木に常駐していた。元帥ら一行が横浜に移ったため、三十日から一同の宿舎は磯子海岸にある高級料亭、偕楽園となった。

翌三十一日からは接伴委員は、神奈川県庁に事務室を置き、事務を開始した。名称も、接伴委員から連絡委員と変わった。

日本に進駐してきた主力部隊は陸軍の第八軍で、横浜に司令部が置かれ、東日本を担当する。西日本を担当する第六軍が京都に進駐する予定だが、実質的には、第八軍が日本全体を統括する進駐軍と言ってもよかった（第六軍は年内にほぼ引き揚げた）。このほか海軍部隊も上陸した。

マッカーサー元帥が率いるのは全軍を統括する総司令部（ＧＨＱ）であり、横浜に総司令部が置かれていたが、後に東京に移転した。

総司令部（ＧＨＱ）
最高司令官　マッカーサー元帥

参謀長　サザーランド中将

第八軍
司令官　アイケルバーガー中将
参謀長　バイヤーズ少将

という布陣である。日本側の役割分担で言うと、有末中将は主に総司令部との連絡、銓一は主に第八軍との連絡だった。銓一はその後、第八軍のアイケルバーガー中将、バイヤーズ少将との交流を深めていくことになる。

銓一は東京の大本営に、元帥到着後の厚木・横浜の状況について報告に出向いた。銓一が横浜を離れている間に、テンチ大佐が急遽、帰国することになった。先遣隊としての大任を果たしワシントンの本省へ転勤となったのだ。

二十八日の先遣隊到着のときに、日本とアメリカの信頼関係を生み出してくれたテンチ大佐がわずか四日で帰国してしまう。フォート・デュポンの思い出で盛り上がった数日前のことが蘇った。

マニラのマッカーサー元帥に好意的な第一報を打電してくれたのもテンチ大佐であった。

盗まれた米高官用の車を取り戻してくれたのもテンチ大佐。スウィング少将の怒りを取りなしてくれたのもテンチ大佐だ。

一言も二言もお礼を言いたいと思ったが、降伏文書調印式を控え、お互いにその時間もないほど忙しかった。

良好な関係を築いた委員長の有末中将もさみしい思いにかられたようだ。ところが、今度は有末中将に運命的な出会いが起こった。有末中将に総司令部第二部の対日連絡課長から電話がかかってきた。電話の主はマンソン大佐だった。

有末中将とマンソン大佐は知り合いであった。マンソン大佐が来日したときに一度、そして有末中将が北京に勤務しているときに北京でも面談した間柄だった。有末中将はすぐに司令部に出向いて、マンソン大佐と再会を喜び合った。以後、有末中将はマンソン大佐との連絡を密にしていった。

このようにいくつもの不思議な縁が日本を助けてくれたのである。

何でもカマダに頼め

九月二日の降伏文書調印式には、世界各国から高官が多数集まる。海外メディア関係者も来る。

アメリカ軍は調印式に参列する各国要人を迎える準備に忙しかった。だが、自動車の用意が間に合いそうになかった。

アメリカから要人を乗せる乗用車を運んでくる予定だったが、一向に到着しない。やむを得ず、日本で自動車を調達して使用することになった。

日本の自動車は故障したものが多くてそのままでは使えない。使用のためには応急修理をする必要があった。しかし、アメリカ軍の修理部隊はまだ到着していなかった。日本の修理班に頼む以外に方法がなく、総司令部は日本政府の終戦連絡中央事務局（米軍との折衝のために設けられた政府の組織）に修理班を集めるように指示を出していた。

調印式前日の九月一日、銈一は第八軍参謀長バイヤーズ少将からニューグランドホテルに呼び出しを受けた。バイヤーズ少将はこう切り出した。

「日本の自動車はいずれも修理を必要とする。明日九月二日に間に合わせなければならないので、終戦連絡中央事務局に対して修理要員を百名ほど直ちにニューグランドホテルの裏に集めるように命じてあるが、なんら返事がない。この有様では心配であるから、貴殿の力で修理班を集めてもらえないか」

バイヤーズ少将の懇願するような申し出に応えるため、銈一はすぐに走り回った。早速県庁に戻って頼んでみたが、修理要員は急には集まりそうもない。

困り果てているところに、情報がもたらされた。横浜市外四キロほどのところに、日本陸軍の自動車修理班が駐屯していて、千葉にいる本隊と合流すべく準備中であるという。この自動車修理班に出動してもらおうと思った。

しかし、彼らは「本隊の命令がないと動けない」という理由と、「アメリカ兵が恐ろしい」という理由で協力を拒否してきた。

銈一は落胆したが、あきらめずに浦茂《うらしげる》参謀（後に航空幕僚長）を派遣して説得を試みた。「自動車の修理がいかに大切か」という点を切々と訴えるように頼んだ。これが功を奏して、一同納得してくれ、喜んで協力してくれることになった。

まず三十名の一個班が編制されて、浦参謀の指揮のもと、バスに乗ってニューグランドホテルに向かった。到着したときは、日が暮れて暗くなっていた。バイヤーズ少将は不在であったので、銈一は作戦部長のボウエン准将の部屋に急いだ。ボウエン准将は非常に驚いて喜んでくれた。しかし、暗い中では作業ができない。ボウエン准将は、謝意を示しながらも、

「今日はもう暗くなってしまった。照明設備がないから、明日の早朝にまた来てくれないか」

と言った。張り切っていた一同はがっかりして、その場を引き上げたが、翌朝、夜明けとともに一同参集して自動車の修理に着手した。みな必死になって修理したが、当日の調印式にはまったく間に合わなかった。

しかし、このことがバイヤーズ少将、ボウエン准将をはじめ、アメリカ軍関係者に非常に好感を与えて、信頼を得ることとなった。以来、アメリカ軍の中で「何でもカマダに頼め」ということになり、何かにつけて銓一が呼ばれるようになった。銓一は、大切なのは人の誠意であるとあらためて認識した。

降伏文書は調印された

九月二日は、降伏文書の調印式が執り行なわれる。

日本国民が心配していたことは、降伏調印がどこで行なわれるかということだった。連合軍が宮城《きゅうじょう》内に乗り込んで、天皇陛下の御前で行なわれるのではないかと言う者もいた。宮城で降伏文書に調印させるのが、最もニュース・バリューが高くなる。国民はそれを心配していた。

しかし、そのようなことをすれば、日本国民の反発を招くだけであり、日本を統治するうえで逆効果になるという賢明な判断が働いたようであった。

調印は軍艦ミズーリ号上で行なわれることになった。ミズーリ州はトルーマン大統領の郷里である。「この軍艦を選んだのは海軍に花を持たせるためではないか」と銓一は思った。


調印式には、陸海軍から戦功のあった者が参加した。

陸軍では、日本軍の捕虜となっていたウェーンライト将軍とイギリスのパーシバル将軍が招待された。

海軍では、ハルゼー提督が招待を受けた。しかし、スプルーアンス提督は招待されなかった。スプルーアンス提督はミッドウェー海戦の功労者であり、ハルゼー提督と並んで最も戦功のあった提督である。

スプルーアンス提督を呼ばなかったのは、日本軍がミズーリ号に奇襲攻撃をかけた場合のことを想定していたとされる。ミズーリ艦上の司令官がすべて死亡した場合に、太平洋艦隊の指揮を執れる優秀な指揮官を残しておきたかったと推測されている。降伏文書調印段階では、日本軍に対する厳しい警戒が続けられていた。

ハルゼー提督は艦隊の砲をすべて装填させ洋上で待機させていた。台風模様であったため、湾内に入ったが、必要ならばいつでも戦闘を再開できるようにさせていた。

象徴的な意味合いを持たせるために、ミズーリは一八五三年のペリーの碇泊地《ていはくち》付近に錨泊《びょうはく》させた。横浜の波止場からは二十海里（約三十七キロメートル）ほど離れたところである。また、式場にはペリーの船に掲げられていた国旗が取り寄せられて飾られた。ミズーリの国旗掲揚には、一九四一年一二月七日（米国時間）の開戦当日に連邦議会ではためいていた国旗が使われることになった。

式典に際して、米軍は周到な準備をした。一分一秒の狂いも許さないというようなスケジュールだった。それは調印式が全米にラジオで生中継され、調印式が終わると同時に、中継がホワイトハウスに切り替えられ、トルーマン大統領がラジオ演説をすることになっていたからだ。大統領の演説に支障が出てはいけないので、完璧な進行が求められた。

マッカーサー元帥は、一秒たりとも早まっても遅れても許さないという姿勢を示した。米軍は、日本側の政府代表重光葵《まもる》外相が爆弾事件で足を失い義足を使っていることを知っていた。そのため、予行演習では重光外相が乗船するスピード、歩くスピードなどが計算された。通常、一分半ほどで乗船できるが、重光外相のことを考慮して四分間が予定された。

調印式当日午前六時半頃、重光葵外相、梅津美治郎参謀総長の両代表が神奈川県庁に到

着、事務室にて小憩をとったあと、米駆逐艦の待つ港に向かった。銓一たち接伴委員は、波止場で見送った。

調印式のことは、銓一は後で随行員たちから話を聞いた。

日本代表団一行は、駆逐艦に乗って洋上のミズーリ号付近まで行った。そこで内火艇に乗り換えた。内火艇は、午前八時五十六分にミズーリ号の横についた。代表団一行は、内火艇を下りてミズーリ号に上り始めた。ただ、足の悪い重光外相が乗船するのは容易ではなかった。米軍将校が屈強な水兵を四名集めて、重光外相を前後から抱きかかえて、ミズーリ号に乗せた。

日本代表団の到着が伝えられ、午前九時ちょうどに、マッカーサー元帥は司令官私室を出た。しかし、まだ日本代表団が指定位置に付いていないのを見て、二分間延期することにし、いったん司令官室に戻った。

まもなくして、司令官室から出てきた。

会場にはミズーリ号の砲術長が走ってきて、

「みなさん、マッカーサー将軍とニミッツ提督が来場されます！」

と叫んだが、会場のざわつきにかき消されてしまった。彼は、大声で

「気をつけ！」

と叫ぶと、ざわついていた場が静まりかえり、出席者たちが直立不動の姿勢をとった。

マッカーサー元帥とニミッツ提督が式場に到着した。布がかけられたテーブルには、降伏文書が二通乗せてあった。

マッカーサー元帥はテーブル前のマイクロフォンのところに進むと、短いスピーチを行なった。

調印式に参加した加瀬俊一随行員によれば、日本に対する屈辱的な言葉が並ぶことを予想していたのに対して、マッカーサー元帥は、「自由」「寛容」「正義」を説いたため、非常に驚いたという。

『加瀬俊一回想録』(山手書房)によれば、「よもや、このような広量かつ寛厚な態度をとろうとは、まったく予期していなかった」と書かれている。

スピーチが終わると、天皇と政府を代表して重光外相が署名し、大本営を代表して梅津参謀総長が署名した。

その後、連合国代表としてマッカーサー元帥が署名し、アメリカを代表してニミッツ提督が署名。以下、中華民国、イギリス、ソ連、オーストラリア、カナダ、フランス、オランダ、ニュージーランドと署名が続いた。

署名が続く中、マッカーサー元帥はハルゼー提督に促しハルゼー提督が合図を送った。

無線連絡され、遠くで旋回していた爆撃機群が東京湾に向かった。

マッカーサー元帥が、

「いまや世界に平和がよみがえり、神が永久にそれを守ることを諸君とともに祈りたい。式を終了する」

と式の終了を宣言した。

そのとき、雲間が切れて、太陽の光が降り注ぎ始めた。そこに多数の爆撃機と空母艦載機が姿を現し、しばらく祝賀飛行を行なった。空を見上げる者がいる中、式は終了した。

ミズーリ艦上からアメリカに中継されていたラジオ放送は、ホワイトハウスからの中継に切り替わり、トルーマン大統領が演説し、対日戦勝の日（VJデイ）を宣言した。


調印式が終わり、日本代表団一行はミズーリを下船した。このときは、もう敵ではないことを示すための儀礼をもって代表団は見送られた。

一行は再び駆逐艦に乗って波止場に戻った。銈一たちは波止場に出迎えに出ていた。十時二十分に一行が到着し、県庁で小憩をとったあと東京に戻っていった。

降伏文書への調印が終わった。

これで戦争は完全に終わったのである。これからは日本再建に取り組まなければならない。

午後、第八軍工兵部長となったダン大佐が銈一の事務所に来て、日本側の土木担当者を交えて道路、電気、ガス、水道について協議した。いよいよ再建の仕事が始まると銈一は思っていた。

ところが、銈一の安易な考えを打ち砕くようなことがすぐに起こった。敗戦がいかなるものか思い知らされることになった。

夜中、捨て身の訪問

午後四時に終戦連絡中央事務局・横浜事務局長の鈴木九萬《ただかつ》公使が、当初横浜税関に置かれた総司令部に呼び出され、マーシャル副参謀長から、翌日交付する布告書を内々に見せられた。

布告はいずれも「日本国民に告ぐ」という言葉から始まっていた。

布告第一号は、次のようなことが書かれていた。立法、行政、司法の三権を含むすべての権限は連合国最高司令官の管轄下に置かれる。日本政府の官公吏らはすべて連合国最高司令官の命令に基づいて職務を続行する。軍事統制が解かれるまで英語が公用語とされる。

布告第二号は、犯罪や罪科に関するものであった。連合国最高司令官の命令に違反する者、公衆の安寧秩序を妨害する者、故意に連合軍に対して敵意ある行動をなす者は、刑罰に処せられる。

布告第三号は、通貨に関するもので、占領軍の発行する軍票が日本における法定通貨となる。

これらの三布告は、「直接軍政」を意味していた。マッカーサー最高司令官名で「日本国民に告ぐ」としているから、占領軍が日本国民に直接命ずる形である。天皇や日本政府を通じて日本国民を統治する「間接統治」とはまったく異なる。直接軍政は、日本政府の消滅を意味するのみならず、天皇の権威を完全に奪い去るものである。

マーシャル少将は鈴木公使に三布告を見せながら、

「この布告文は明日、三日午前十時に日本政府に渡す予定のものである」

と告げた。

鈴木公使は衝撃を受けた。言葉を重ねて撤回を要請したが、マーシャル少将は取り合わなかった。それどころか、マーシャル少将は「軍票はすでに三億円分が各部隊に配布されている」と述べ、軍票の見本として、十銭、五十銭、一円、五円、十円、二十円、百円の七種類の札を見せた。

鈴木公使は総司令部を後にすると、横浜に来ていた終戦連絡中央事務局の武内龍次第二部長に頼んで、すぐに重光外相に報告した。

その足で、鈴木公使は有末中将と銈一のもとを訪れた。二人は三布告の話を聞いて仰天した。当日中に岡崎勝男終戦連絡中央事務局長官をサザーランド参謀長のもとに派遣して三布告の延期を求めるとともに、翌日には重光外相がマッカーサー元帥を訪れて撤回を申し入れするという。

しかし、マッカーサー元帥が重光外相と会ってくれるとは限らなかった。マッカーサー元帥は、横浜進駐中は天皇陛下、首相、両院議長以外とは会見しないという方針を示していたからだ。

銈一に与えられた使命は皇室をお護りすることである。三布告は天皇の権威を消滅させることを意味している。「我々のほうからも、内々に総司令部に陳情しなければいけない」と銈一は思った。軍票の件は先遣隊の理解を得てマッカーサー元帥からも善処するという返事をもらったはずなのだが……。

夕方以降、三布告の件が伝わると日本政府は大混乱に陥った。重光外相のところには閣僚たちから次々と真相を確かめるための連絡が入る。早朝から洋上に出てミズーリ号の調印式に臨み、東京のホテルに戻ってからは三布告への対応を求められた重光外相はもうクタクタになっていた。夜になって、下村定陸相が重光外相の宿泊するホテルに副官を派遣して真相を確かめようとしたが、重光外相はもう眠ってしまっていた。

政府要人はポツダム宣言の文章を読み返して、必死になって対策を考えた。ポツダム宣言には、日本人を奴隷化するものではないと記されているし、日本国政府の存在を前提にしていると解釈できる。また、日本国民が自由に表明した意志によって平和的な責任ある政府が樹立され次第、占領軍は日本から撤収するとある。

直接軍政の布告を公表することは、ポツダム宣言の趣旨に外れるのではないかと主張して、考え直してもらおうとした。

ミズーリ号上での調印式に出席した岡崎長官は、夕方以降、閣僚たちから次々と説明を求められ対応に追われていた。緊急閣議が開かれて岡崎長官は呼ばれ、総司令部の意向を詳しく聞いて対策をとるように求められた。

岡崎長官が横浜に向かい、横浜税関ビルの総司令部に着いたときにはもう夜遅くなっていて、サザーランド参謀長に会うことはできなかった。岡崎長官は中堅将校に日本政府の希望を伝え、サザーランド中将に伝言してもらうように頼んで総司令部を後にし、重光外相に報告するため再び東京に戻った。

横浜の夜は更けていた。銓一はマッカーサー元帥にお願いしてもらおうと思い、単身、司令部高官の宿所であるニューグランドホテルに出向き、サザーランド参謀長を訪ねた。銓一は米第八軍の連絡機関部長の肩書きがあったため、MP（憲兵）の前を通ることができ、サザーランド中将の部屋にまでたどり着くことができた。

部屋のドアをノックした。

ドアを開けると、サザーランド中将はびっくりした顔で、「夜遅くに何事だ？」と聞いてきた。夜中に突然訪問したにもかかわらずサザーランド中将は不快な顔をしなかった。

銓一は、アメリカの連隊で大隊長を務めていた日本人将校として珍しがられて、司令部の人たちにその存在が伝わっていた。マッカーサー元帥の知己を得ていることも知られていたようだ。

それらが幸いしたのだろう。サザーランド中将は部屋に入れてくれた。銓一はいすに座り、話し始めた。

「突然訪問して申し訳ありません。明日、布告がなされると聞きました。私はそれがマッカーサー元帥閣下の真意とは思われません。両国の将来のことをお考えいただき、撤回していただきたい」

銓一は必死に訴えた。

「過酷な布告は青年将校の不興を買って、かえって危険です。ここは天皇の権威を活かしたほうが貴国のためです。日本政府を信頼して、日本政府にやらせていただけないでしょうか。どうしてもこの布告を撤回していただきたいのです」

サザーランド中将は、

「これは、アメリカ本国の指令であり、国民世論も含まれている。マッカーサー元帥の一存ではどうにもならない」

とつれなかった。

銈一はさらに食い下がった。

銈一が力説したのは次のようなことだった。

終戦間際、日本軍は本土玉砕決戦を主張しており、政府の意見も二分され、もはやどうしようもなかった。降伏と決まったのは天皇陛下のご聖断によるものであった。今般、占領軍に対して日本国民が恭順を示しているのは、天皇の威徳によるものである。

降伏決定後も日本国内にはなお戦おうとする者たちが各地にいた。天皇陛下は皇族方を現地軍に遣わして天皇の思召しを伝えた。天皇の思召しに従って、現地軍はみな矛を収めた。これによって反乱の芽もつみとられた。

海外の人には理解しがたいかもしれないが、天皇の威徳は二千年来のものであり、日本人の心に根付いている。過酷な布告が出されると、静まりかけている青年将校が波紋を起こし混乱する恐れがある。天皇の威徳のもとで恭順を示している日本国民に過酷な布告をしないほうが貴国のためであると思う。こういった趣旨のことを伝えた。

しかしサザーランド中将は、応じなかった。

「ミスター・カマダ、貴殿が国を思う気持ちはよくわかる。だが、この布告を変更するには本国に請訓を仰がねばならないから、少なくとも二週間を要する。しかるに、マッカーサー元帥の占領政策は降伏文書調印の翌日から直ちに実行に移さなければならないものである。一日の猶予もない」

と繰り返した。サザーランド中将の言うことには理があったが、ここで引き下がるわけにはいかなかった。

「私がマッカーサー元帥閣下に対してお願いしようとしていることを、あなたが遮る権限はあるのでしょうか」

と訴えた。銈一は一度は北京で死を覚悟した身である。この場で腹を切る覚悟はあった。しばらく考え込んでいたサザーランド中将は、鬼気迫る銈一の迫力に押されて、ついにマッカーサー元帥に伝えることを承諾した。

「わかった。私に貴殿の提案を拒否する権限はない。元帥に伝える」

サザーランド中将は部屋を後にし、廊下の絨毯を踏んでマッカーサー元帥の部屋に向かった。

時間が流れた。

銓一はその間、目をつぶってずっと祈り続けていた。マッカーサー元帥が大局的に判断する人物であることは信じていた。しかし、マッカーサー元帥といえども大統領命令の布告を一存で棚上げできるかどうかはわからない。

二千年の歴史を持つ皇国の運命が決まる。日本国民は奴隷のようになってしまうのだろうか。体が自然と伊勢神宮の方向に向かい、瞑目して手を合わせた。


ドアが開いた音がして、肩に誰かの手が触れたのを感じた。目を開けるとサザーランド中将がほほえんでいた。

「ミスター・カマダ、元帥閣下からオーケーが出た」

銓一は耳を疑った。

「本当ですか⁉」

「そうだ。オーケーだ。私も驚いたがオーケーだった」

サザーランド中将が部屋を出て行ってから戻ってくるまでに十数分のことだったのだろ

うが、銓一には非常に長い時間に感じられた。

サザーランド中将は、「これを破っても良いぞ」と、翌日交付する予定だった三布告の書類を銓一に手渡した。銓一の目から涙があふれてきて、夢中になってその書類を破り捨てた。力一杯破り捨てたので、指先が少し血でにじむほどだった。

布告を破り捨てると銓一は丁重にお礼を述べた。

「グッド・ナイト！」

去りぎわにかけてくれたサザーランド中将の言葉が温かく聞こえた。銓一は司令部を後にして、すぐに鈴木公使に布告が撤回された旨を伝えた。感激した鈴木公使は岡崎長官に連絡し重光外相に伝えられた。

翌、九月三日、重光外相は岡崎長官を伴ってマッカーサー元帥を訪問し、政府を代表してお礼を伝えた。マッカーサー元帥は重光外相と会ってくれた。これは例外中の例外であり、マッカーサー元帥が日本の閣僚と会談したのは初めてだった。

斯くして、布告は撤回された。日本にとっては本当に幸いであった。天皇の権威が消失し、占領軍に直接軍政を敷かれることは免れた。

日本再建への第一歩が始まる

銈一たち日本側の最大の関心事は、天皇制度の存続と日本国民の生活であったのに対して、米軍の現場部隊の最大の関心は、日本に捕らわれている連合軍捕虜の救出だった。海軍のハルゼー提督は、マッカーサー元帥から「陸軍の準備が整うまで捕虜の救出をするな」と命令されていたにもかかわらず、マッカーサー元帥到着の前日に大森収容所からの捕虜救出作戦を行なった。

第八軍のアイケルバーガー司令官も、部隊を手配して、まずは、捕虜収容所に空中から食料や物資を投下した。さらに、捕虜救出用に列車を徴発し、各収容所から大勢の捕虜を横浜に移送した。

やがて横浜は連合軍の捕虜たちで溢れかえった。解放された捕虜たちには、病気になっている者、やせ細っている者などに、治療と温かい食事が用意され、音楽、風呂、娯楽などが提供され、順次飛行機や病院船で本国に帰還させた。

占領後の最初のころは、米軍の現場部隊は日本のことなどかまっている余裕がないというくらい、まず捕虜救出に力を入れていた。

九月三日、総司令部工兵部長のケーシー少将が、日本の工兵長官に面会したいと申し込んできた。

アメリカ陸軍省の工兵長官（チーフ・オブ・エンジニア）は、軍事土木のほか、国内の河川、道路、港湾等の一般の土木工事まですべて管轄している。日本の旧内務省土木局長を兼ねたような強大な権限を持った職務である。工兵長官に話を聞けば、アメリカ国内の土木のことは軍民併せてすべて把握できる。

ケーシー少将は、日本の陸軍省の工兵長官に面会して話を聞けば、日本の土木事業の全貌がわかると思っていたようだ。しかし、日本にはアメリカのチーフ・オブ・エンジニアに相当する役職はない。

銓一は工兵長官ではなかったが、工兵出身であるため総司令部にケーシー少将にアメリカと日本の違いを説明しに行った。その結果、銓一が工兵長官の代わりに、できる限りの説明をすることになった。

ケーシー少将は、

「戦火で焼失した家屋の復興はどうする心づもりか」

と聞いてきた。

戦争のためにありとあらゆるものを投入した日本にはもはや木材はほとんど残っていな

い。戦災を免れた工場群も、ほとんど連合軍に接収されている。

　銓一は懇願した。

「日本には木材も乏しいですから、かつての関東大震災のときのようにアメリカの木材を日本に援助していただけないか」

「それは容易なことではない」

　ケーシー少将の言葉に銓一は落胆した。だが、ケーシー少将はこう続けた。

「日本にはセメント工場や製鉄工場が相当あると思う。すみやかにこれを復旧し、鉄筋コンクリート家屋を建築すべきである。セメント工場と製鉄工場の復旧計画をつくり、速やかに提出するように日本政府に伝達してもらいたい」

　あまりにも意外なことを言われて驚いた。銓一はセメント工場や製鉄工場はすべて接収されているか、あるいはこれからすべて接収されるものだと思っていた。しかるに、ケーシー少将は、これを日本政府の手によって復旧させて良いと言っているように聞こえる。この寛大な取り計らいに、銓一は感謝の気持ちを述べて、早速日本政府に伝達した。

　ところが、それから二週間経っても復旧計画は提出されなかった。しびれを切らしたケーシー少将の副官が銓一のもとに催促に来たが、まだ計画はできていなかった。あまりにも政府の動きが遅いので、銓一は立つ瀬がなかった。

ケーシー少将は、

「政府の責任者を明日必ず出頭させるように取りはかるべし」

という命を銈一に下した。セメント工場、製鉄工場のことだけでなく、あわせて、道路、鉄道、飛行場、港湾、燃料の現状を責任者から聞きたいという。

直ちにケーシー少将の命令を政府に伝えた。

翌日、ケーシー少将のもとを訪れた政府関係者は、なんと七十名にも達していた。部屋に入りきれるはずもない。ケーシー少将は唖然とした。

本来なら各省から次官クラスが一人来て、関係事項を説明すればすむ話である。部屋が混雑することもない。次官クラスでなくても、各省にチーフ・オブ・エンジニアがいれば一人ですむ話だ。

ところが、日本では昇進して各省の上に行くほど、技術的な専門事項には精通していない者が増えていく。そのため、所管事項に精通した者を選んでいったら人数が膨れあがってしまった。

たとえば、鉄道一つとっても、配車関係、運転関係、工事関係と別々の係官が出向くことになった。燃料においても、商工省から、石炭関係、石油関係、木炭関係等の係官が集められた。

係官たちはケーシー少将に説明を求められたが、現場上がりの者が多いため、事情には精通しているけれども答弁が要領を得なかった。ケーシー少将は困惑した。

ケーシー少将は、占領軍として今後日本で実施すべき工事の計画を策定するための資料を集めたかったようだ。しかし、人数が多すぎ、また要領を得ないため、質疑応答は雑然たるうちに終わった。一人だけ、鉄道省の中に明快な答弁をしてケーシー少将をうならせた者がいたのがせめてもであった。

質疑応答の後、疲れ切った顔をしたケーシー少将は、「日本が敗戦した原因がこれで読めた」と銈一に漏らした。

後に銈一は、ケーシー少将に言われたことが実に重要であったことを改めて認識する。セメント工場と製鉄工場の復興は、住宅建築という観点のみならず、産業の復興にとって重要な課題であった。日本再建の根幹は重要産業の復興である。

原料に乏しい日本の産業は、原料を輸入して製品を輸出することを主体としていた。製造設備を復旧させ、回転を円滑にして、生産量の増大を図らなければならない。その製造設備の復興のためには、セメントと鉄鋼がきわめて重要であった。

だが、日本政府高官には技術の重要性を理解している者が少なく、もたついてしまった。

アイケルバーガーとの交渉

降伏文書調印が終わると、連合国は日本の軍備を徹底的に廃止することに着手した。九月四日午前十一時に、有末中将と銓一は第八軍司令部に出向き、司令官アイケルバーガー中将と参謀長バイヤーズ少将に面会した。

第八軍司令部から復員事務に関する最初の指示書（インストラクション）を渡すので、第一総軍司令官の杉山元《すぎやまはじめ》元帥を九月五日に招致したいとのことだった。事実上の出頭命令である。

だが、アイケルバーガー中将の態度は、決して居丈高なものではなく、とても紳士的だった。同中将は、厚木飛行場に降り立ったときも、日本を完全に敵視していたスウィング少将と違い、とても友好的だった。

中将は、銓一たちにいろいろと話しかけてくれた。有末中将は厚木で言葉を交わしているが、銓一はこのときが初めてだった。日本の将官とも親交があるからか、非常に勉強家で日本のことをよく学んでいた。人柄も穏やかであり、銓一は「好々爺《こうこうや》」という印象を持った。

アイケルバーガー中将が日本の将官と知り合ったシベリアの話も出た。銓一もシベリア出征をしたことがあるのでシベリアの話題に花が咲いた。話していくうちに、フォート・デュポン工兵第一連隊でお世話になったウォトキンス連隊長は、アイケルバーガー中将と士官学校が同窓であるとわかった。

「ウォトキンスは大きくて不格好だから、ニックネームは『ジャンボ』と言うんだ」

と教えてくれた。思い出してみると、本当にそうだったので銓一も笑った。

銓一は、話していくうちに、この人物ならば信頼できるだろうと感じて、米軍人による犯罪行為について善処を求めた。進駐軍が来る前に「アメリカの軍人に何をされるかわからないから、婦人はみな避難せよ」と言われていたが、軍紀は一応保たれており、心配していたほどではなかった。しかし、部分的にはいろいろな事件が起こった。婦女暴行、略奪、強盗なども日増しに多くなっている

「このような行為は、日本人を不安にさせるものです。貴軍のためにもなりません」

と言うと、アイケルバーガー中将は、

「彼らは四年間ジャングルで日本兵と戦い、島から島へと移動して、今ようやく目標の日本にたどり着いた。小学校の生徒が、授業が終わって校庭に出たときと同じ気持ちでいる。心が緩んで乱暴を働く者もいるが、どうか一カ月を待ってもらいたい。必ず絶滅させてみ

せる」

と強い口調で言った。事実、その後著しく軍紀が改善されたため、銓一たちはアイケルバーガー中将を信頼するようになった。もちろん、この裏で日本人婦女子の防波堤として米軍用慰安施設をつくらされたのも事実であるが。

銓一たちが司令官室を出るとき、アイケルバーガー中将は、「私は四つ日本語を知っている」と言い、「サヨナラ」と日本語で挨拶してくれた。

杉山元帥は出頭命令を受けたわけだが、アイケルバーガー中将なら、敗れた将の心情も理解してくれるのではないか。銓一はそう期待した。

杉山元帥が司令官を務める第一総軍は、終戦の年に本土決戦のために編成された司令部である。だが、終戦後は、軍備を解体することが任務とされていた。銓一は、杉山元帥を補佐するために第一総軍の参謀副長を兼務せよとの辞令を受けていた。

アイケルバーガー中将は信頼の置けそうな人物である。しかし、出頭命令に杉山元帥は応じてくれるだろうか。銓一は心配だった。

第八軍司令官のアイケルバーガー中将は、軍の一部門の司令官に過ぎず、銓一たちと同じ中将職である。それに対して、杉山元帥は、陸軍大臣、参謀総長など全軍のトップを歴任した元帥職である。元帥と中将では軍人としての格が違う。降伏したとはいえ、元帥が中将に呼び出されたのだから屈辱的なことである。しかも、指示書によってどのような命令を言い渡されるかわからない。

杉山元帥の副官に出頭命令を伝えると、副官は元帥が屈辱を与えられることになりはしないかと、とても心配していた。しかし、出頭を拒むことはできない。有末中将は杉山元帥に経緯を説明するために、東京の自宅まで出向き、元帥や副官たちの説得に努めた。

杉山元帥の出頭

九月五日、杉山元帥らは早朝に東京を発ち、午前七時過ぎに横浜の県庁内の事務室に到着した。

事務室に入り、ソファに深く腰を下ろした杉山元帥は、

「鎌田、頼む。代理として出席してくれ」

と言った。

銓一には元帥の気持ちがよくわかる。自分が元帥の立場だったら、やはり屈辱を感じるだろう。

銓一としては、杉山元帥の代理を引き受けて、指示書を受け取ってくることはかまわな

い。しかし、第一総軍の最高司令官が出頭しないのでは、米軍から日本の誠実さを疑われる。杉山元帥が出頭して、確実に海外から兵を引くことを約さなければいけない。

アイケルバーガー中将は米軍将校の中では日本に対して理解のある一人であり、紳士的な態度の人物である。

銓一は杉山元帥の思いを酌みながらも、進言した。

「杉山閣下、アメリカの将官たちは、閣下と同じように紳士的です。国際マナーも身についていますから、決して閣下に対して、傲岸不遜な態度をとらないと確信します。平然たる態度で会見されることが、軍のためになると思います」

「そう言うのなら……」

と元帥は言いかけたが、

「鎌田、やはり、わしの気持ちは落ち着かん。わしの胸のうちも察してくれよ。おまえは米軍と親しい間柄だ。わしよりも、おまえのほうが適任だ。代理を頼めんか」

「閣下、これも日本の将来のため、日本軍人としての最後のご奉公です。忍従していただきたいです。アイケルバーガー中将は、日本を理解する唯一の司令官です。決して屈辱を与えるような待遇をしないと思います」

杉山元帥は、なおも気が進まないようだったが、一行は車に乗って第八軍司令部に向かった。車中、杉山元帥はずっと憂鬱そうな顔をしていた。

車が司令部の建物に近づくと、玄関前に一人の将校が立っているのが見えた。車が停まると、将校は威儀を正して敬礼をした。出迎えてくれたのは、第八軍参謀長のバイヤーズ少将だった。アイケルバーガー中将は、日本の元帥に対して礼を欠かないように、ナンバーツーの参謀長を玄関まで迎えに出させたのだった。

その姿を見て、杉山元帥の憂鬱そうな顔は少し緩んだ。

バイヤーズ参謀長は杉山元帥に対して丁重に挨拶をすると、二階の会見室まで自ら案内してくれた。一同が会見室に向かって階段を上っているとき、銓一の横腹が軽くつつかれた。見ると杉山元帥だった。元帥の顔は少しほころんでいた。言葉は交わさなかったが元帥の気持ちはよくわかった。

会見室の前に来ると、入り口の前にはアイケルバーガー中将が穏やかな顔つきで立っていた。中将は自ら元帥を出迎えて、会見室の中に案内してくれた。

広い会見室の真ん中に、大きいテーブルがあり、白い布がかけてあった。テーブルの上には、きれいな花が飾ってある。会見室の一隅には、日本の国旗とアメリカの国旗、そして軍旗が飾られ、荘厳な雰囲気だった。

テーブルを挟んで、向こう側の中央の席にアイケルバーガー中将、こちら側の中央が杉山元帥の席である。アイケルバーガー中将は、杉山元帥が着席するまで、自分は座らなかった。

アイケルバーガー中将の両側には、バイヤーズ参謀長とボウエン作戦部長が座った。その後方には、セイヤー参謀副長以下、幕僚たちが直立不動で整列していた。

日本側は、杉山元帥の横の席に元帥付きの副官、そして有末中将が着席した。銓一らは後方に控えた。

杉山元帥の顔からは、憂鬱そうな表情はすっかり消え、日本武士道の精神を引き継ぐ武人らしく威風堂々としていた。

全員が着席すると、アイケルバーガー中将が立ち上がった。日米一同が起立した。アイケルバーガー中将が一礼をし、元帥もすぐさま答礼をした。双方とも、武人として相手に対する深い敬意のこもった礼であった。

一同着席すると、杉山元帥はおもむろに口を開いた。

「余に対する今日の丁重なるご応対に対して、余は深く感謝し、感謝の言葉もありません。日本の第一軍総司令官として、余は、貴下の命令を誠実に実行して、本日の厚遇に応えたく決意します」

元帥の挨拶を受けて、アイケルバーガー中将も紳士的に答えた。

「私は、武勲赫々たる日本の元帥に、今ここでお目にかかることができ光栄に思います。元帥の胸中はさぞ悲愴であられるであろうとお察しします。お互い武人であり、勝敗は武人の常であります。

今回、元帥に対して命令下達という形でお目にかかることになったのは、誠に残念なことです。

復員事務の件は書面で指示書として用意いたしました。復員事務が無事に終了した暁には、元帥は静かな余生を送られるようお祈りいたします。

私も、任務が終わり次第、一市民となります。余生は、殉国の英霊を弔いつつ、自然の山間閑居で静かに過ごすことを念願しております。

元帥とは今後は個人的なご交誼をお願いいたしたく存じます」

この言葉を聞いて、日本側の一同はみな感激した。銈一は深く頭を垂れ、涙をこらえていた。元帥もあふれる思いを抑えておられる様子だった。

半時ほどの短い会見であったが、二人は通訳も介さずに直接話をした。アイケルバーガー中将と杉山元帥は、立ち上がって握手を交わして会見を終えた。

銈一は、日露戦争後の乃木大将とステッセル将軍の水師営の会見の話を思い出していた。日露戦争後の会見で、ステッセル将軍は乃木大将に対して敬礼し、乃木大将も答礼をした。乃木大将は手をさしのべてステッセル将軍と熱い握手を交わした。会見では乃木大将は敵将の功績をたたえた。ステッセル将軍は乃木大将の応対に感激して愛馬を乃木大将に贈っている。

アイケルバーガー中将の態度は、乃木大将を思い起こさせるものだった。同席した日本の諸将はみな乃木大将のことを思い出していたことだろう。

有末中将は後に記した手記の中で、やはり乃木大将とステッセル将軍の友情を思い起こしたと書いている。杉山元帥とアイケルバーガー中将の荘厳な会見には、同席した誰もが感激した。

感激のあまり、本来の会見の趣旨を忘れてしまうところであった。杉山元帥は会見場を後にしようとしていた。

会場を出ようとする銓一の肩を叩く者があった。振り向くと参謀長のバイヤーズ少将が印刷物を持っていた。バイヤーズ少将はほほえみながら銓一に印刷物を手渡した。第一指示書だった。

「鎌田、頼む」

杉山元帥はアイケルバーガー中将らの見送りを受け、階段を降りて玄関に向かった。一行は車に乗り込み、帰途についた。

車の中で、杉山元帥は、

「鎌田、頼む……」

と低い声で力を込めて言った。

指示書を実行するのは、第一総軍参謀副長の銓一たちの仕事である。この時、銓一は元帥から復員事務の指示を受けたものと思い、深い意味があるとは考えてはいなかった。

『杉山元帥伝』（原書房）に寄稿された元帥副官の小林四男治中佐の手記によれば、元帥は市ヶ谷の司令部に戻ると、「今日は行って大変宜しかった」と述べたという。満面に輝かしい感激が漂っていたと書かれている。

一週間後、銓一のもとに衝撃的な一報がもたらされた。杉山元帥が自決されたという。元帥の後を追って、令夫人も自決された。

「そんな……」

涙があふれてきた。「鎌田、頼む」という言葉が思い出された。

銓一は涙をこらえて、第八軍司令部に出向いた。伝えるのもつらかったが、アイケルバーガー中将に杉山元帥自決を伝えた。

アイケルバーガー中将は、強い衝撃を受けた様子で、言葉も出てこなかった。おもむろに立ち上がると、東京の方角を向き、胸の前で両手を組んでしばし瞑目していた。

アイケルバーガー中将は、弔問に赴きたいという意向を示し、副官に準備をさせようとした。だが、幕僚たちは必死になって中将を思いとどまらせようとした。

一週間前の会見の場に出席した幕僚たちは、二人の親交がこれから始まると思っていた。元帥の死を悼むアイケルバーガー中将の気持ちはよくわかった。

しかし、占領間もないこの時期に、米軍高官が弔問に出かけたのでは、アメリカ国民の感情に影響する。国民感情が悪化すれば、両国のためにならない。幕僚たちの懇願するような説得を受けて、アイケルバーガー中将は弔問の意向を取りやめた。

銓一は、アイケルバーガー中将が弔問の意向を示してくれたことだけでも、杉山元帥はきっと喜んでおられるだろうと思った。

「鎌田、頼む……」

耳に残るこの言葉が、何度も頭に浮かんできた。元帥の遺言である。元帥の思いに応えられるよう、日本の復興に力を尽くそうと思った。

第一指示書は、

一、軍隊の復員解体
一、地雷等危険兵器の排除作業
一、鉄道・自動車等運輸
一、道路整備

など、項目は多岐にわたっていた。

銈一は、翌日、第一総軍の代表として参謀長のバイヤーズ少将を訪ね、説明をした。

第一総軍各部隊の配置を詳細に書いた地図を示したところ、一目瞭然でわかりやすいと感心された。ただし、軍隊記号が何であるかわからないと言われた。この点はあらかじめやっておくべきだったと反省した。日本語で書かれたものをそのまま見せたのは、儀礼を失し、かつ不親切だった。英語で軍管区に関する説明を加えておく必要があった。

バイヤーズ参謀長は「埋設地雷の位置は地図にて特に明らかにしてもらいたい」と言ったが、埋設地雷は一カ所もなかった。およそ二時間にわたって、銈一は微に入り細に入り説明をした。

ただし、鉄道、自動車、道路など、軍務以外の国内行政に関するものも含まれていたので、第一総軍から政府に委嘱しようと思いバイヤーズ参謀長に相談した。

参謀長はいらついたような口調で苦情を述べた。

「行政に関することは、政府のほうに委ねたいと思うが、貴国の政府と行政官は怠慢である。これまでに何度か指示を出したが、責任の所在すらはっきりとせず、埒《らち》が明かない。我々は日本政府のどの部門に指示を出せばよいのかわからぬ。日本政府に要求しても無駄である。当方としては、貴下ら第一総軍を信頼するより他に方策がない。第一総軍のほうで回答してもらいたい」

銈一は恥ずかしかった。後日、工兵部長のケーシー少将からもまったく同じことを言われた。行政の担当が細かく分かれすぎていて、責任の所在がはっきりとしないのである。米軍は責任者が明確でないことに対して腹を立てていた。

外務省管轄下の終戦連絡中央事務局（終連）については、新聞にも「著しい低能率と縄張り意識」と書かれるほどで、終連経由での米軍との連絡調整はうまくいっていなかった。業を煮やした東久邇宮総理は、終連を外務省管轄から総理直轄に改革しようとしたが外務省が抵抗していた。政府の要となるべき終連は、あまり機能していなかった。

それでも、銈一は日本政府を信用してもらうようにケーシー少将を説得するしかなかった。

「私は、貴国のフォート・デュポン工兵第一連隊時代に、心からの友愛を受けて感激いたしました。その恩に報いるため、努力は惜しみません。しかし、私は軍人の身です。軍隊はまもなく解散し、私は退官することになります。

そのときに、政府当局の誠実なる人物に後事を託したいと思っています。外務省の鈴木九萬公使は私が最も信頼を置く行政官です。今後のことも考えて鈴木公使を推挙いたします。在任中は鈴木公使と協力して最善を尽くしますので、どうか鈴木公使に行政関係事務を委嘱することをご了承いただきたい」

バイヤーズ少将は、銈一の要望を聞き入れてくれた。

米軍は鈴木公使とのやりとりを通じて、鈴木公使の誠実さ、私心のなさ、そして人柄に心を打たれ、高い信頼を置くようになった。外相から首相になった吉田茂首相も鈴木公使を重用していた。鈴木九萬氏は戦後復興に大きく貢献した。

第七章

「国民外交」で天皇陛下をお護りする

国民外交の舞台となった「本牧《ほんもく》の家」

マッカーサー元帥の総司令部（ＧＨＱ）は日比谷の第一生命ビルに昭和二十年九月十七日に移転することになった。元帥の住居は赤坂溜池の米国大使館に決まった。一方、アイケルバーガー中将率いる第八軍司令部は横浜に残る。

総司令部の移転に伴って、連絡委員長の有末中将は第一生命ビルの隣の日本倶楽部の建物に事務所を移し、銓一は横浜に残って引き続き第八軍との折衝に当たることになった。

有末中将は、東京に赴任する前日の十六日に銓一を伴って、第八軍参謀長のバイヤーズ少将のところに転任の挨拶に行った。バイヤーズ少将は別れを惜しんでくれた。

その夜、銓一は、アイケルバーガー中将を主賓に招いて、ささやかながら有末中将の送別会を行なった。日本に親しみを持つアイケルバーガー中将はとても楽しそうな様子だった。

送別会の開催場所として、横浜本牧にあった友人の家を借りた。その後、その大きな邸宅を銓一一家が住居として借り受けることになり、鈴木九萬公使は二階の部屋に同居することになった。

以後、この邸宅が米軍との外交の陰の舞台となっていく。

異文化を持つアメリカの軍人に、少しでも日本のことを理解してもらうには、本音で話し合える場を設けるしかない。鈴木公使と銈一が協力して頻繁にパーティを開き、米軍将校を招待した。

日本のことを理解してもらえば、皇室をお護りすることにつながると銈一は考えていた。アメリカ人は、自宅に呼ばれて家族ぐるみのつきあいをするのを好む。銈一の妻慶子は、手料理で米軍高官たちをもてなした。銈一の息子勇は、ピアノ演奏などでもてなした。米軍将校にはジャズの好きな人が多く、「センチメンタル・ジャーニー」「サム・サンデー・モーニング」などが好まれた。

銈一たちは、日本に赴任してきたアメリの軍人を次々と招待して小さなパーティを開いた。「今の日本に必要なのは国民外交」と考え、その先鞭《せんべん》をつけるつもりだった。

銈一が招いたアメリカの将校はみんな驚いていた。

「やっぱり、ジェネラルともなると違うな。こんな立派な家に住んでいるのか」

「いやいや、借り物ですよ(笑)」

銈一は、アメリカではよく失敗をしたので、自分のことをネタにしたジョークが得意だった。それを話すと、アメリカ人は笑ってくれて場が盛り上がる。もともと、若いころから宴会部長のようなタイプだった。

あるとき、米軍の将校たちを招待してみんなでビールを飲んだ。銈一は、「みなさんに日本のしきたりを教えましょう」と言って、ビールを一気に飲み干すと、グラスを逆さまにして、帽子のようにして頭の上に乗せた。

「ほら、もうグラスには何もないでしょう（笑）」

銈一のおどけた格好を見て一同は吹き出した。

パーティのときには、アメリカ人の喜ぶコーンハット（三角錐の帽子）を用意したり、「ひょっとこ」のお面を用意したりして、場を盛り上げた。「ひょっとこ」のお面は、米軍将校の夫人たちが興味を持ってくれたので、お土産にプレゼントした。

マッカーサー元帥が目の前に

ある日、背の高い米軍高官が「本牧の家」を訪れた。

銈一はやや緊張した面持ちで玄関に迎えに出ると、挨拶を交わして「どうぞ」と言って高官を招き入れた。

宅内では銈一一家と何人かのアメリカ将校が待っていた。

銈一は「マイ・サン」と言って、十七歳になる息子の勇を紹介した。高官は、勇のほうに手を差し出して握手をした。

テーブルの前の真ん中に高官や副官が座り、銈一、慶子、勇らはしばらく歓談をしていた。ふと、高官は、そこにあるパイプオルガンに目を留めた。本牧の家には当時の日本家屋には珍しく、パイプオルガンが備え付けてあった。

高官はパイプオルガンを見ながら

「どんな音が出るのかね？」

と聞いた。

銈一に促され、勇がパイプオルガンの前に座り曲を弾いた。高官はしばらくその音に聞き入っていた。銈一は次にピアノを弾くように言い、勇はリストの「ハンガリー狂詩曲六番」を演奏した。

弾き終わると高官は大きな拍手をして、立ち上がって勇のところへ行き、

マッカーサー元帥を招いた本牧の自宅でパイプオルガンを演奏する鎌田勇

握手を求めた。

「君はクラウン・プリンスとクラスメートだね」

クラウン・プリンスとは、皇太子殿下（現上皇陛下）のことである。勇より学年は五年下だった。勇は、たどたどしい英語で高官に伝えた。

「クラスメートではありませんが、同じ学校です」

高官は、クラウン・プリンスのことを勇にいろいろと質問し、

「君は、皇室を尊敬しているか」

と尋ねた。

勇は即座に、

「尊敬しております」

と答えた。

すると、高官は、

「なぜ、君は皇室を尊敬しているのか」

と尋ねた。

この質問に十七歳の勇は戸惑っていた。高官はそれ以上には聞かず、会話はそれで終わった。

会話が終わると、高官はテーブルのところに戻っていって、銓一たちと再び談笑を始めた。銓一は、この高官を「ダグ」「ダグ」と呼んで親しげに話した。本当にダグラス・マッカーサー元帥なのか。勇は思わず目を疑った。

マッカーサー元帥が日本で人の家を訪問したという公式記録は残っていない。当時は首相でも簡単にマッカーサー元帥には会えなかった。「日本人と一緒に食事をとらないようにしている」と政治顧問に語ったという話も残っている。

そのマッカーサー元帥がお忍びで邸宅を訪れて、十七歳の少年に皇室について尋ねた。その意図はわからないが、皇室に対する日本の一般国民の気持ちを知りたかったのかもしれない。

国民党軍の名古屋進駐を阻止

米軍将校たちとのつきあいが深まるにつれ、銓一は様々な情報を密かに教えてもらえるようになった。ある将官から銓一は重大な情報を聞いた。

中華民国軍（国民党軍）一個師団一万人余が、中部地区に進駐することが連合国間の協定になっているとのことだった。

しかも、蔣介石軍は物資窮乏のため、食料その他の必需品は占領国において現地徴発するという。

米軍将官は、

「日本も窮乏している折、国民党軍が入ってきて現地徴発されたら大変なことになるだろう。我々も内心同情している」

と、銈一に言った。

大変なことになった。進駐が予定されている地域は、名古屋地区だという。

連合国の中でも、アメリカ軍と違って国民党軍は物資が貧困である。アメリカ軍は固形の食料を大量に所持して進駐し、日本人にも分け与えるくらいだった。日本人はそれをもらって喜んでいた。

しかし、国民党軍が入ってきたら、逆に日本人から物資を徴発することになる。これは重大な危機だと銈一は思った。

銈一は、教えてくれた将官に尋ねた。

「国民党軍は、いつごろ日本に進駐する予定でしょうか」

将官は、とても好意的で、内実も含めて話してくれた。

「いや、実は、国民党軍から一個師団を運ぶ船がないので、我々の軍に、艦船を貸与してもらいたいと申し入れがあり、考慮中というところだ」

銈一は手を合わさんばかりに懇願した。

「日本国民が飢餓に苦しんでいることは貴官もご存じの通りです。今、中部地方の物資を徴発されることになったら、同地方の国民は塗炭《とたん》の苦しみに陥ります。

しかし、日本は連合国に降伏した国であり、我々が国民党軍の進駐を拒否することは不可能です。どうか、貴国の艦船を中華民国に貸与しない方策を講ずることを、切に切にお願い申し上げます」

その将官はしばらく黙っていたが、

「マッカーサー元帥に貴殿の意向を伝えよう。元帥は貴殿の誠実と愛国の気持ちを理解している。必ず善処することであろう」

と心強い言葉をかけてくれた。

銈一は、ひたすら祈るしかなかった。マッカーサー元帥が国民党軍の申し入れを断ってくれることを。

しばらくして、この将官と再び会う機会があった。

「ジェネラル・カマダ、よろこんでくれ。国民党軍への艦船貸与の件だが、余分の船はない旨、国民党軍に通達することを決定した」

銓一はホッとした。

米軍物資の運搬と、大量の日本軍人の復員のために多数の艦船が必要になるから、貸与できる船がないとして断ったという。

銓一は、マッカーサー元帥とこの将官に本当に感謝した。

有末中将の手記にも、「かねてから懸念されていたソ、支両軍の進駐が取り止めとなって一安心」と記されている。

東京にいた有末中将も、総司令部高官から、ソ連軍の北海道進駐、国民党軍の名古屋進駐の情報を仕入れていて、とても心配していたようである。ソ連軍は、北海道をやめて東京近郊に進駐したいと言い張り、マッカーサー元帥が即座に拒絶した。国民党軍の名古屋進駐についても、輸送船舶や提供宿舎の問題で協議が進まなかったという。

いずれにしても両軍の進駐は阻止された。有末中将の手記には「わたしのよろこびは、今もって忘れ得ない当時の心の叫びであった」と書かれている。

日本は、ソ連軍、国民党軍の進駐による分割統治から免れた。これは銓一がマッカーサー元帥と米軍高官たちに深く感謝していることである。ソ連軍、国民党軍が入ってきていたら、日本国民がさらなる飢餓にあえぐことになり、ソ連の影響力が強くなって天皇制度存続も危ぶまれたであろう。

米軍高官との信頼関係

銓一に与えられた公式な任務は、米軍との連絡折衝だが、密命として「皇室をお護りせよ」という重大なものがある。しかし、総司令部（ＧＨＱ）が東京に移ってしまったため、横浜にいる銓一にはこれ以上できることは限られていた。銓一は自分のできる範囲のことを精一杯やろうと思った。

銓一のできることは、横浜に司令部を置く第八軍司令官のアイケルバーガー中将、参謀長のバイヤーズ少将との信頼関係づくりである。

幸いなことに、アイケルバーガー中将とバイヤーズ少将は、日本に対して非常に理解のある人たちだった。東京に移った総司令部ともかけあってくれて、銓一をよく助けてくれた。

日本政府も第八軍が総司令部に働きかけてくれていることをよく承知しており、アイケルバーガー中将とバイヤーズ少将に贈り物をすることになった。贈り物は銓一が政府を代表して第八軍の幕僚の宿所に届けた。

数日後、アイケルバーガー中将から書状が届いた。

「数日前に帰宅すると、貴下より大変に貴重な贈答品が届けてありました。せっかく届けていただいた贈答品ですが、参謀長、作戦部長、参謀副長宛てにお届けいただいた贈答品とともに返送させていただきます。

本職らは遂行すべき業務をなしたまでのことです。これは、不義理で返却するのではありません。貴下らの思いやりと、その行為に対しては、心より謝意を表します」

アメリカの軍紀は厳格であり、高価な贈答品を受け取ることはなかった。

それでも銓一は、多少のことはかまわないだろうと思って、個人的に贈り物をしようと考えた。バイヤーズ少将が休暇で一時帰国することになったので、刺繍のガウン、カウスボタン、そして奥方用に真珠のネックレスを選んだ。

一週間後、バイヤーズ少将から贈り物のお礼の手紙が届いた。ただ、「真珠のネックレスは高価すぎるためご返却したい」ということであった。アメリカ高官は、やはり高級なものは受け取らなかった。

銓一はその後の贈り物には気を遣った。高級品ではなく、日本らしいものや、日本のおいしい食べ物を贈ろうと思った。

銓一は第八軍との連絡担当だったが、京都の第六軍を担当する連絡機関とも連携をとる必要があった。十月後半には、京都に出張し、第六軍連絡機関の陸軍将校たちと会議をした。京都では陸軍と海軍が独立して動いており、あまり連携がとれていないようだった。京都の周辺地域の復興状況も視察に行った。横浜と比べると、復興の動きは鈍いように感じた。

出張の予定が終わったので、銈一たち一行は友人の招きで滋賀県に行き、松茸狩りをした。とても香りの良い松茸が採れた。

横浜に戻ってから第八軍に土産として届けた。

後日、アイケルバーガー中将から、

「短期間の出張を終えて戻ると、副官ドウナー大佐より、貴下から珍味の松茸を送られたとの報告を受けた。私は、この日本特産の松茸を夕食において試食することを楽しみとし、貴下の心づくしに謝意を表するものである」

と礼状が届いた。

銈一は、フォート・デュポン工兵第一連隊に勤務しているときに、僚友から「フィッシュ・ディナー」に招待されたことを思い出した。

カソリックでは金曜日の夕食には、動物肉類の料理を避けて、魚類を食べる習慣があることを教えてもらった。カソリックの米軍将校には、金曜日の夕食用に、日本のおいしい海老を届けたら喜んでもらえるのではないか、と銓一は考えた。

神奈川県の藤原知事に頼んで、横浜に水揚げされる生きの良い伊勢エビを入手してもらった。

金曜日の夕食に間に合うように、各将校の家に届ける手配をした。再び、アイケルバーガー中将から丁寧な礼状が来た。

「今日の夕方、オフィスより帰宅すると、心づくしの見事な伊勢エビが届けられていた。跳ね上がる海老に歓声をあげた。私は、この生きたエビを氷の上に乗せ、すぐに楽しいフィッシュ・ディナーの食卓に添え、良い夕べを過ごすことを楽しみにしている。貴下の親切に対し、最上の真心をこめた、お礼の言葉を受けていただきたい」

届けるのは銓一ではなく、妻の慶子だった。自宅に出向いてご夫人に届けた。これが非常に好評だった。

誰かが出張に行って全国各地のお土産を買ってくると、お裾分けのように、アイケルバーガー中将やバイヤーズ少将のオフィスに届けさせる。こうしたちょっとしたことがとても喜ばれた。

バイヤーズ少将も休暇明けで戻ってきたときには、たばこやキャンディなどのお土産を届けてくれた。

アイケルバーガー中将やバイヤーズ少将は、銈一の気持ちの中では「一緒に働く仲間」という感じになっていた。彼らは銈一の思いに応えてくれる人だった。

銈一は個人的にも、両将軍を頻繁に自宅に招いて食事や音楽を楽しんだ。銈一は勇に命じて、音楽好きの米軍高官たちのために、いろいろな楽器を集めさせた。アイケルバーガー中将は、興が乗ってくると、立ち上がって楽しそうに太鼓を叩き出す、こんな一面があった。

アメリカの世論を変える

銈一が受けた密命においては、二つのことを考えなければならなかった。一つは、天皇制度の維持である。二千年以上続く皇統を守らなければならない。これは、議論され始めた憲法改正と関わっていた。

もう一つは、天皇の戦争責任の問題だった。天皇制度が制度として維持されても、責任を問われ御退位を迫られる可能性もある。こちらはアメリカの世論とかかわっており、アメリカ人の感情に左右される問題だった。

終戦後、アメリカの国民世論は、日増しに天皇の戦争責任論が高まっていった。

九月十日には、「日本の天皇を戦犯として裁判にかけるべきだ」という決議案がアメリカ議会に提出された。

戦争中は、情報戦も行なわれる。相手国のことを国民に伝えるときには、相手国への敵意をかき立てるような情報を意図的に流すものだ。

アメリカは、「日本は極めて残虐な国である」という情報を流していた。銈一が入手した米軍作成の国民向けパンフレットでは、フィリピンでの日本軍の卑劣な行為（バターン死の行進など）が書き連ねられていた。

もちろん、真実の部分もあっただろうが、誇張されている部分も少なくない。

アメリカ国民はこういう情報を信じて、「日本憎し」と思い、天皇責任論にもつながっていた。

アメリカの世論を変えるには、地道な活動しかない。銈一は、アメリカの連隊に勤めていたので、軍人の位置づけがよくわかっていた。アメリカでは、軍人は国民から敬意を持たれており、軍人の意見は国民世論に大きく影響する。

日本と直接戦ったのは軍人だから、軍人が「日本は、それほど悪い国ではない」と言ってくれれば世論に大きな影響を与えるはずだと思った。

日本に来ている第八軍の軍人たちは、アメリカの家族や友人に日本のことを話す。彼らから日本の本当の姿が伝わっていく。日本のことを美化して伝えてもらう必要はないけれども、日本のことをありのままに伝えてもらえれば、アメリカ世論は徐々に変わっていくのではないかと銈一は考えていた。

銈一にとって、米軍高官とのつきあいも大事であったが、中堅若手将校との交流は特に大事だった。これが一番の「国民外交」になると思っていた。

銈一はアメリカ人の習慣をある程度わかっていた。アメリカ人はサンクスギビングデー（感謝祭）をお祝いする。

銈一は米軍将校のためにサンクスギビングデーのパーティを開くことにして、準備をした。本牧の家では少し手狭なので、以前に宿舎としていた偕楽園の会場を借りることにした。パーティ用の帽子や小道具なども手配した。新たに横浜に赴任してきた将校たちの歓迎会もかねて、大勢の将校を招待した。

サンクスギビングデーの日、銈一は午後から休みを取り、準備に走り回った。夕方から、盛大なパーティを開いて、大勢の将校に楽しんでもらった。米軍の将校たちも気を利かせてくれて、銈一の妻にフルーツケーキをプレゼントとして持ってきてくれた。

銈一は、米軍将校たちとの何気ない会話の中で、天皇制度とはどういうものか、日本国民にとっていかに大切なものかということをそれとなく伝えていったのである。

フォート・デュポンの縁

十一月頃には、産業界との仲介の仕事も多くなった。銀行をはじめ、建設、建設機材、綿糸などの経営者との会談が増えてきた。産業界からは、講演を頼まれることも増え、銓一の知る範囲内での現状を伝えると、大変喜ばれた。

産業界の人が求めていたのは、占領軍が何を考えているのかという情報だった。銓一は、第八軍の工兵部門（エンジニア・セクション）から言われていることなどを話した。彼らは、「日本の請負制度は改善すべきである」と言っていた。

一つ目は、期間である。日本では、工事の計画を示し、見積書を出すまでに数カ月かかる。長引けば長引くほど、金融の問題が生じてくる。もっと計画から実施までの期間を短くすべきというのが、一つめの改善点だった。

二つ目は、請負制度そのものだ。日本の建設会社は、自社で仕事をやらずに下請けに出してしまうことが多い。アメリカでは、建設会社が六割は自社でやらなければならないことになっている。これによって、良い建設会社は銀行のバックアップを得て、質の高い仕事をする。

今後、占領軍の工事をやる場合は、アメリカ式のやり方でなければ発注しないようにしたいとのことだった。

アメリカからの指摘は耳の痛いものばかりだったが、参考にすべき点も多く、産業界の人は、そういう情報が役に立つと言っていた。

産業界の人と精力的に会談したのは、銈一にも思惑があった。銈一が一番気になっていたのは、支那に取り残してきた部下たちのことだった。

彼らの復員が進んでいたが、日本に戻ってきても就職先がない。何とかして就職先を斡旋できないかと思い、産業界の人と会っていた。

ある日、東京で産業界の人との打ち合わせを終えて、有末中将の事務所に立ち寄ると、「総司令部のエンジニア・セクションに行ってくれ」と言われた。聞けば、銈一のことを探している人がいるという。

誰だろうと思って、総司令部を訪ねた。エンジニア・セクションのドアを開くと、

「オー、カマダ大隊長殿！」

「えっ、ミスター・メイヤー？」

そこにいたのは、フォート・デュポン工兵第一連隊のときの部下メイヤー大佐だった。テンチ大佐、ダン大佐だけでなく、メイヤー大佐も連隊で苦楽をともにした仲である。

「日本に来てずっと、カマダ大隊長を探していたんだ。まさかカマダ大隊長がこんなに偉くなっているとは思わなかったよ（笑）」

フォート・デュポンに勤務していたころ、銈一は少佐だった。メイヤー大佐は、「鎌田少佐」を探していたために見つからなかったのだという。まさか「鎌田中将」になっているとは思わなかったとのことだった。

メイヤー大佐は、

「カマダ大隊長と会えたことを、すぐにアメリカの妻に報告する」

と言って喜んでくれた。銈一は、メイヤー夫人のこともよく知っている。時間も忘れて、フォート・デュポンの思い出話に花を咲かせた。近く、夫人も日本に呼ぶというので再会できるのが楽しみだった。

メイヤー大佐は、東京の総司令部で働いていたが、いったん帰国して戻ってきてからは、横浜の第八軍配属となり、横浜で働くことになった。銈一は、不思議なほど、フォート・デュポンの縁に助けられた。

昭和二十年の十一月三十日は、銈一にとって悲しい一日だった。この日をもって、軍は廃止される。

銓一は復員司令部に赴き、午後三時からの式に参列した。勅語・勅諭の奉読があり、河辺正三《まさかず》大将（第一復員司令官）から切々たる訓示があった。

軍人を目指して、小学五年のときに神戸から上京し、陸軍幼年学校を卒業して以来、ずっと陸軍軍人として生きてきた。それが本日をもって終わる。

いろいろな思い出が蘇ってくる。死んでいった戦友や部下のことが頭の中にはっきりと浮かぶ。自分だけ生きているわけにはいかないと思い、敗戦時には一度は死も決意した。過去をゆっくりと振り返りたい気持ちもあるが、今の自分には、与えられた重大な任務がある。そう思っていっそう身を引き締めた。

その日の日記には、万感の思いを込めて

「いよいよ、本日を以て軍人の最後となる。悲しい哉」

と記した。

四人の集まり

年が明けた。

天皇陛下は昭和二十一年一月一日に詔書を発布された。人間宣言と呼ばれるものである。

天皇陛下は神の座を降りたと報道された。

天皇の戦争責任を問うアメリカの世論を和らげるため、日本国内では天皇退位論なども出てきていた。

しかし、御退位されると、一個人となってかえって戦争責任を追及されるのではないかという懸念があった。

天皇制度を護るだけでなく、御退位なさらずにすむようにすることが銈一らの仕事だった。

アメリカの世論がカギを握っていたため、宮内省もアメリカ国民向けの広報活動を始めるようになった。一般の人に一番伝わるのは写真であるから、天皇家の日常の写真が撮影された。

リンカーンの銅像が飾られた書斎で新聞を読む天皇
科学者として顕微鏡をのぞいて研究している天皇
英字新聞を読む天皇
ご一家揃って散歩する様子
鶏を追う皇太子とそれを見つめる天皇

鎌田銓一が残した昭和17年から32年までの日記類。終戦前後の記述は歴史的にも重要な価値がある

ご一家の笑顔の写真

これらの写真は、アメリカの雑誌にも取り上げられるようになった。

一方、前年から始まった憲法改正についての議論も活発になってきていた。天皇制度を維持できるかどうかは、憲法にかかっている。

銓一は、米軍高官たちに天皇制度のことを理解してもらうには、皇室のことをきちんと知ってもらうことが大切だと思った。

そして、第八軍のアイケルバーガー中将やバイヤーズ少将と皇室との関係づくりをしてはどうかと考えた。第八軍幹部に皇室のことを理解してもらって、皇室との信頼関係ができれば、マッカーサー元帥に働きかけてもらうことができるかもしれない。

銓一は鈴木九萬公使と相談し、天皇陛下の弟宮である高松宮殿下に力添えをお願いすることにした。高松宮殿下は、厚木航空隊が起こした騒乱を収めることに尽力してくださった方である。そのご尽力がなければ、銓一たちは無事先遣隊を受け入れることはできなかった。

鈴木公使は所用があったため、銓一は一人で高松宮邸に参上して相談をした。そこには竹田宮殿下が同席してくださった。

銓一は、米軍から得た情報を報告した。高松宮殿下は、その情報を随時、天皇陛下にご報告申し上げたようである。こうしたことは絶対に外部に漏れないようにしなければならなかった。

昭和二十一年一月以降、高松宮殿下、竹田宮殿下、鈴木九萬公使、銓一の四人で、月に一、二回の頻繁な情報交換会が行なわれるようになった。『高松宮日記』には、この四人の集まりは「例会」あるいは「例ノ会」と記されている。そこに、幣原総理が加わったこともあった。

鈴木公使は政府関係の情報、銓一は第八軍関係の情報を報告した。

銓一が高松宮殿下から聞いた話では、天皇陛下が古式な雅楽にマッカーサー元帥を招待したところ、元帥が断ってきたという。天皇陛下が非常にご心配されて、高松宮殿下にご相談になり、殿下は直ちに総司令部の意向を確認した。

総司令部からの回答は次のようだったという。

「宮城《きゅうじょう》は番兵を立てて、オフリミット（立ち入り禁止）にしてある。これは兵隊だけでなく将校も同じである。マッカーサー元帥は、雅楽はぜひ拝聴したいと思っていたが、自ら規律を破ることはできない。断ったのは、かくなる理由である。いずれ、雅楽をぜひ拝聴したいとのことである」

この話を聞いて銓一は感心した。軍紀を守るというのは、当たり前のように思えるが、軍紀を発令した自らも軍紀の対象であることは忘れられがちだ。このことに高松宮殿下も立派な態度であると、非常に感心しておられた。

マッカーサー元帥は、第八軍が日本に到着するやいなや、一個小隊を宮城に派遣し、宮城警護のため要所に歩哨を立て、アメリカ兵の闖入を防止する措置を執った。

このとき宮城に赴いたターザン中尉は、

「自分は宮城に入り、天皇に面会した一番最初の人間である」

と自慢をしていた。さらに、

「天皇は実に平和的な立派な方であると感じた。この方が大戦争を始められたとは絶対に考えられない」

と言っていた。天皇から労苦をねぎらわれて、オールド・ウィスキーを賜ったと非常に感激していた。

皇族挙げての接待

二月に入り、憲法の問題が大きくなってきた。銈一は、一刻も早く米軍に皇室のことを理解してもらわなければならないと思った。

そこで銈一は、高松宮殿下、竹田宮殿下と相談し、まずは第八軍将校を宮内省の鴨場《かもば》に招待することにした。

昭和二十一年二月三日(日曜)。この日、鈴木公使と銈一は午前九時半に坂下門に集合して、第八軍将校を埼玉県越谷にある宮内省鴨場に案内した。

参加者は、セイヤー大佐、ジョン大佐、キャドウェル大佐、バーガーズ大佐、ゲッツ中佐らだった。将校たちはみな鴨狩りをとても楽しんでくれた。その後、狩猟した鴨をみんなで食し、とても好評だった。

だが、このときは、いわば予行演習のようなものだった。

一週間後の二月十日（日曜）、鈴木公使と銈一は朝七時に横浜を出発し、越谷の鴨場に向かった。

この日はいよいよ本番。高松宮殿下、妃殿下にお越しいただいた。招待したのはマッカーサー司令部の高級将校たち。ベイカー准将、イーストウッド准将、デュマ准将、カウフマン海軍中将、グリフィン海軍中将らだ。

将軍たちは鴨狩りをとても楽しんでおり、高松宮殿下との交流の第一歩となった。天皇陛下の弟宮《おとみや》に直に接してもらったことが、皇室とはどんな存在かをGHQ高官に理解してもらうことにつながると銈一は信じていた。

さらに二週間後の二月二十三日（土曜）にも鴨狩りをした。

この日は朝、アイケルバーガー中将の私邸に鈴木公使と銈一が迎えに出向き、車を連ねて越谷に向かった。

招待客は、アイケルバーガー司令官のほか、バイヤーズ参謀長、マッギンレー准将、カルザース大佐、ロングレー大佐、ミュラー中佐、ドウナー中佐、ギボンズ少佐、ヒル中尉、ルードウィヒ中尉である。第八軍の首脳陣が勢揃いというような豪華メンバーだった。

銈一は、行きの車はバイヤーズ少将の若い副官のルードウィヒ中尉と同乗することになった。彼がボストン出身だというので、「クーパー夫人という人を知っているか？」と聞いてみた。なんと、中尉の母親がクーパー夫人と親しい仲で、子供の頃にクーパー夫人の家によく遊びに行っていたという。

「私は、そこに住んでいたんだよ」と言ったら、中尉は驚いていたが、「そういえば、なんとなく見覚えがある」と言う。二人で笑いながら不思議な縁を喜んだ。

この日の招待客は第八軍首脳陣であったが、出迎えてくださったのは、高松宮殿下、妃殿下、天皇陛下の第一皇女の照宮成子《てるのみやしげこ》内親王、そして久邇宮朝融王《くにのみやあさあきらおう》であった。

昼食は、狩猟した鴨のすきやきだった。第八軍の首脳陣は、

「おお、ワンダフル！　鴨のスキヤキ」

と歓声をあげた。秋山徳蔵大膳寮《だいぜんりょう》司《し》厨長《ちゅうちょう》が心を込めてつくったすきやきは格別の味だった。秋山氏は「天皇の料理番」として知られる人物である。

食事を楽しんだ後は、庭園で日本の伝統の「羽根つき遊び」をした。高松宮妃殿下と照宮内親王が、あでやかな振り袖姿で庭に降り立って、舞うごとく羽根をついた。

その優雅な日本美に米軍諸将は見とれていた。じっとしていられなくなったのか、

「アメリカを代表して私がお相手をさせていただいてもよろしいか」

と誰かが言うと、「アメリカの代表は我々だ」とばかりにアイケルバーガー中将とバイヤーズ少将が出て行って羽根突きのお相手をした。羽根つきは簡単そうに見えて難しい。

司令官が打ち損じるのを見て、副官たちは面白がってはやしたてた。

アイケルバーガー中将は前日の夜遅くに九州出張から横浜に戻ってきたばかりだというのに、とても元気だった。

銈一はその光景を見ながら、日本の皇室と伝統を理解してもらう一助になればと願っていた。また、天皇陛下の第一皇女である照宮内親王のお気持ちを察すると、こみあげてくるものがあった。天皇陛下をお護りしたいというお気持ちが伝わってきた。

鴨狩の会を終え、帰途、高松宮邸に立ち寄り、それから帰宅した。

翌週、秋山大膳寮司厨長が横浜に来た。鴨のすき焼きがとてもおいしかったことに銈一はお礼を述べた。秋山大膳寮司厨長が鈴木公使の案内で第八軍のアイケルバーガー司令官の部屋に挨拶に行くと、司令官は料理のお礼を述べて丁寧にもてなしてくれたと秋山大膳寮司厨長は喜んでいた。

翌月、三月中旬に高松宮殿下がアイケルバーガー中将、バイヤーズ少将を高松宮邸にご招待したいということになった。鈴木公使と銈一は、夕方五時頃、アイケルバーガー中将宅に迎えに行き、高松宮邸に向かった。

当日は、徳川家正公、松平宗秩寮《そうちつりょう》総裁、加納終戦連絡事務局次長らも、高松宮邸に参上した。

アイケルバーガー中将、バイヤーズ少将と膝を交えて長時間にわたり歓談した。高松宮殿下のお人柄をさらに知ってもらうことができた。両将軍は高松宮妃殿下のひな人形にとても興味を持ったようで、ひな人形の話で盛り上がった。

アイケルバーガー中将らは、両殿下の心温まるもてなしに喜び、九時過ぎにその場を辞去した。

四月後半には、竹田宮殿下のご招待があった。竹田宮殿下は、銈一だけでなく息子の勇も招待してくださった。銈一は勇と夕刻、アイケルバーガー中将邸に行った。バイヤーズ少将と共に、アイケルバーガー中将の車に乗せてもらって竹田宮邸に向かった。

竹田宮邸では、竹田宮殿下をはじめ、佐野伯爵、三条公爵、徳川男爵など旧華族の方々が出迎えてくださった。

この日は盛大な会となった。食事の後、勇のピアノ演奏、それに合わせたダンスなどがあり、とても楽しい会だった。両将軍もとても楽しそうで、夜も更けてしまった。夜十一時過ぎに竹田宮邸を辞去して、アイケルバーガー中将の車で横浜に戻った。

米軍の対応が変化

日本の春は、美しい桜の季節である。桜は日本を象徴する花であり、古来、日本人は花見を楽しみとしてきた。『万葉集』以来、桜が詠まれた歌も多い。

しかし、戦時中は花見をする余裕はなかった。特に終戦の年は、三月に東京、大阪、名古屋などの大空襲があり、花見どころではなかった。

昭和二十一年の春は、久しぶりに平和を取り戻した状態だった。将兵の復員も進み、少しずつ落ち着きを取り戻してきた。

日本の桜を知ってもらうことは、日本人の心を知ってもらうことでもある。そこで、銓一は米軍将校を花見に招待しようと考えた。鈴木公使と相談し、竹田宮殿下に相談してみようということになった。相談した結果、皇族の主催で観桜会を開催していただけることになった。

アメリカでは、ワシントンのポトマック河畔に日本から贈られた桜が美しく咲いている。米軍将校は日本の桜にあこがれのようなものを抱いていた。アイケルバーガー中将やバイヤーズ少将に伝えると、本場日本の桜をぜひ観てみたいということで、快諾してくれた。

その旨を竹田宮殿下に伝えると、大変喜ばれた。日時は四月十二日金曜日、場所は三里塚の宮内省御料牧場と決まった。

ところが、直前になってバイヤーズ少将が体調を崩し、聖路加病院に入院してしまった。

バイヤーズ少将の参加はとりやめとなった。

銓一は、慶子とともにバイヤーズ少将の病室を訪ね、お見舞いに花を贈った。桜を見られなくなったが、替わりにきれいな蘭を持って行った。観桜会を楽しみにしていたバイヤーズ少将は、病室の窓から日本の桜を眺めていたかもしれない。

いよいよ観桜会の当日となった。銓一たちは朝七時半に横浜を出発し、米軍将校たちを成田まで連れて行った。アイケルバーガー中将は、午前中に予定が入っていたため、小型飛行機で三里塚に向かった。

三里塚では、三笠宮両殿下、竹田宮両殿下が出迎えてくださった。

馬が用意され、米軍の幕僚たちは馬に乗って勇ましい姿で会場に向かった。アイケルバーガー中将は、賓客として宮中よりさしまわしの古典馬車に乗って、優雅に会場に向かった。

終戦翌年は、桜が一段と咲き誇っていた。平和を祝うかのように長い期間散らずに咲き続けていた。四月十二日も桜は満開だった。桜の下、おいしい料理がふるまわれ、この観桜会は非常に喜ばれた。アイケルバーガー中将は感激して、帰りの馬車への同乗を銓一にすすめたが、銓一は辞退した。

会が終わると、銓一はアイケルバーガー中将からとてもうれしい言葉をかけてもらった。

「ミスター・カマダ。貴国の皇室の方々は、実に親切で、平和的であり、感銘に堪えない。

本当に本日は心から楽しく、満足な一日であった」

そのとき、銈一はふと梨本宮殿下のことを思った。理由もよくわからず、皇室の中でただ一人、戦犯容疑で入所されていたからだ。

「アイケルバーガー閣下、日本皇室が民主的であり、平和を愛好されることを、ご認識くださるならば、不運にもただ一人入所中の梨本宮殿下のご心中を察していただきたい。そうすれば、今日の試みは、ひとしお意義深くなることを、特に申し上げて、ご寛容をお願いしたい」

アイケルバーガー中将は何も答えず、黙ったままだった。

その翌日、突如、梨本宮殿下は釈放された。銈一は意をくんでもらえたのだと思い、米軍将官の迅速な対応に深く感謝した。

これ以降、米軍の対応は明らかに変わってきた。

米軍は上等な列車を徴発しており、皇族が各地を視察するにも列車を貸してくれなかった。ところが、「皇族になら貸す」という対応に変わったのである。

バイヤーズ少将からは、後日、銈一に丁寧な礼状が届いた。

「すばらしい芳香の麗しい花は、私ばかりでなく、たくさんの病室の多くの人にも幸福をもたらしてくれた。蘭の花を観賞する人々とともに、ご好意に謝することを喜びとする。

親愛なる　鎌田銓一殿」

上陸予定だった海岸線に涙したダン大佐

フォート・デュポン以来の運命的な再会をしたダン大佐は、幸いなことに今は第八軍の所属であった。

ダン大佐は第八軍工兵部長だった。日本復興のためには、道路、鉄道、電気、ガス、水道など多くの土木工事が必要であったが、それを担当するのがダン大佐だったから、頻繁にダン大佐のオフィスに顔を出した。いっしょに東京の総司令部に行くことも多かった。ダン大佐といると楽しいのは、お互いエンジニアとして話ができることである。連絡将校としてありとあらゆる分野の仕事をしたが、やはり技術の話をしているときが一番楽しかった。コンクリートの話で盛り上がれる相手はそうはいない。

仕事が終わるとダン大佐を自宅に招いて技術のことをさらに深く議論したり、食事を楽しんだりした。旧交を温めたというよりも、ほとんど家族のようにつきあっていた。日曜日には、銓一の家族と共に釣りに出かけたり、ドライブをしたりした。

米軍将校たちは徐々に夫人を呼び寄せるようになっていたが、ダン大佐は単身赴任で日本に来ていた。

単身赴任というのはやはりさみしい思いをするものである。銈一はそれを察して、ダン大佐をしょっちゅう自宅に招待して家族と一緒に時を過ごした。

銈一はダン大佐から写真を借りて、ダン大佐の夫人とジョアンさんの大きな似顔絵をつくってプレゼントした。「いつも家族と一緒にいる」という気持ちになってもらえれば、と思ってのことである。

ダン大佐の娘のジョアンさんは日本のテレビの取材を受けてこう語っている（『天皇制を守った親子の物語』BS朝日　二〇一五年十二月十日放送）。

「鎌田中将のみならず、鎌田夫人にもとても親切にしていただいたと父は申しておりました。何よりも、父は単身赴任だったので、家族ぐるみで親しくできる人たちがいることは、父にとって幸せだったと思います」。また、銈一が贈った着物の生地で仕立てたブラウスを今も大切にしている、ということも話していた。

一九四六年二月に、ダン大佐を茅ヶ崎の青山為太郎氏の別宅に招待することにした。青山氏は大手の会社のオーナー社長だった。車にダン大佐を乗せ、慶子と勇もいっしょに青山邸に向かう。青山邸は美しい海岸の景色が見える丘陵にあった。

青山氏は、天ぷらをふるまってくれてそれをみんなで食した。勇がサクソフォーンを演奏。ダン大佐はとても楽しそうだった。

食事が終わると、ダン大佐はじっと海のほうを見つめ、目をうるませていた。銈一は言葉をかけなかった。

ダン大佐が口を開いた。

「知っているかもしれないが、我々は日本が降伏しないので、上陸作戦を練っていた。この海岸から上陸する予定だったんだ」

しばらく沈黙が続いた後、ダン大佐は続けた。

「私は工兵司令官だから、第一陣として上陸する予定だった。ここから上陸したら、自分はおそらく戦死していただろう。それが、今こうして、あなたと笑い合いながら、一緒にここに立っている。本当に感無量だ」

「同じ気持ちだよ」

「ああ、こんなに美しい海岸を眺めて、親切なもてなしを受けて、まるで夢見心地だ。日本の天皇が英断を下されて、本当に良かった。あなたたちにとっても、私たちにとっても」

その言葉を聞いて、銈一は深く胸を打たれた。

ダン大佐は茅ヶ崎が大好きになったようだった。新緑が美しくなった五月、海水浴のできる七月にも青山邸に招待した。

茅ヶ崎の風景は素晴らしいので、三回目はダン大佐だけでなく、他の将校やそのご夫人、お嬢さんたちも招待をした。海浜に出てみんなで泳いだ後、青山邸ですき焼きや天ぷらを食べて一日を過ごした。勇とその友人が合奏して音楽も楽しんでもらった。夫人、お嬢さんたちは、日本の海の美しさと食事のおいしさにとても満足のようであった。

アメリカ世論は和らいできたのか

マッカーサー元帥のもとにアメリカの世論を調べて伝える役割を担っていた人物がいた。憲兵副司令官のゲッツ中佐だ。

この時代、憲兵の力は非常に強かった。日本でも戦時中に憲兵の力はとても強かったが、占領軍の憲兵であるから、その権力は絶大だった。一般国民だけでなく、どんなに地位の高い日本政府高官でも逮捕できる権能を持っていた。

憲兵というのは、占領された国民が最も恐れる存在であり、日本政府関係者も米軍憲兵を畏怖していた。

ゲッツ中佐は憲兵司令部の副司令官だった。ゲッツ中佐もダン大佐と同じく単身赴任で日本に来ていた。

ゲッツ中佐は音楽に造詣が深く、楽器演奏が得意だった。銓一の息子の勇もピアノが得意だったことから、ゲッツ中佐とは家族ぐるみのつきあいになり、ゲッツ中佐と勇がいつも合奏をしていた。ゲッツ中佐は、特にトランペットの名手であり、銓一の家でよくトランペットを演奏していた。

銓一は、ゲッツ中佐から特別な「パーマネント・パス」というものをもらっていた。銓一の所有する車は、いつでもどこにでも入れるという書類である。憲兵副司令官ゲッツ中佐の一筆があるため、それを見せると、警備に当たっているMP（憲兵）は必ず車を通行させてくれた。米軍施設内でもどこにでも入って行けた。

銓一はゲッツ中佐と仲が良いことを利用して、頼み事をしたことは一度もない。だが、ゲッツ中佐は銓一の考えていることをよくわかってくれていた。銓一が一番気にしていたのは、皇室のことだということを。

皇室に関係する情報で、機密情報以外は、いち早く銓一に教えてくれていた。

ゲッツ中佐は、六月十六日からアメリカ本国に出張することになった。銓一は、世論を調べることがゲッツ中佐の隠れた任務だということは知っていたが、あえて口にしなかった。

六月二日は、勇の誕生日だったのでゲッツ中佐を招待して、家族としてのささやかな送

本牧の自宅などに米軍将校を招いたパーティの1カット。左手前がキャドウェル夫妻、右手前がゲッツ夫妻。前列左から3人目が鎌田銓一、前列右から3人目が鎌田慶子夫人（ゲッツ夫人の後ろ）、後列左から3人目が鎌田勇

別会をした。勇と一緒にピアノを弾いたり、ゲッツ中佐がタクトをふって勇に演奏させたりして、音楽を楽しんだ。

ゲッツ中佐の母親は徽章《きしょう》の収集を趣味にしていることを聞いていた。そこで、銓一は各国の徽章を集めてプレゼントした。

「なんてすばらしい徽章なんだ。こんなにいただいてうれしい。早く持ち帰って母に渡したい。母の喜ぶ顔が目に浮かぶ」

と、ゲッツ中佐は感激してくれた。

銓一は帰国までに何度もゲッツ中佐を自宅に招いた。またゲッツ中佐も何の連絡もなくぶらっと銓一の家を訪れた。

六月五日、八日、九日と毎日のようにゲッツ中佐と食事をした。

日本を発つ前々日の十四日には、憲兵隊

司令部の将校たちを自宅に招いて、ゲッツ中佐のお別れ会を開いた。一時帰国ではあるが、みな彼の帰国をさみしがった。お別れ会の折には、憲兵司令官キャドウェル大佐の夫人から、妻慶子に贈り物をいただいた。米軍将校たちは、何かと気を配ってくれた。

ゲッツ中佐は十六日に日本を発った。しばらくすると、中佐のご母堂から

「こんなにすばらしい徽章をたくさんいただいてとてもうれしく思っております。国境を越えた太平洋の彼方に、これほど親切な日本人がいることを知って、とても感激いたしました」

という丁寧なお礼状を受け取った。

銈一はゲッツ中佐がアメリカ世論を調査した後、どのような報告をマッカーサー元帥にするのかが気がかりだった。鈴木公使と「アメリカの世論はどうなんだろうか」と話しながら、一カ月、二カ月、三カ月とゲッツ中佐の帰国を待った。

降伏調印式一周年パーティに招待されたが

八月二十三日は銈一の誕生日だった。齢五十歳を迎えた。一年前の誕生日には、米軍の接伴副委員長という新たな任務を仰せつかった。

思い起こすと一年前は、降伏によってこれから自分たちがどうなるのかもわからず、日本の国がどうなるかもわからず、暗澹たる思いだった。

それから一年間、数々の困難があったが、よくぞ切り抜けられたものだと思った。何とか切り抜けられたのは、八月二十八日の厚木での奇跡的な再会があったからだ。テンチ大佐と、ダン大佐には感謝しても仕切れない。彼らが日本を救ってくれた。

ときには米軍将校と激しいやりとりをすることもあったが、総じて、将校たちは日本の立場に理解を示してくれて、紳士的な態度で接してくれた。銓一は敗戦国の一連絡将校にすぎないのに、対等に接してくれて、友情まで生まれた。

銓一は感謝の気持ちを表したくて、自分の誕生日に特に親しい将校たちを招待することにした。

集まってくれたのは、

ダン大佐　先遣隊隊長

キャドウェル大佐夫妻　第八軍憲兵司令官

ボーン大佐　第八軍化学作戦部長

ペニー中佐夫妻

スコット少佐夫妻

アベマルシー嬢
ケーシー嬢　ケーシー大佐令嬢
だった。
ゲッツ中佐は、帰国していたためこの場にはいなかった。気のおけない仲間と、食べて飲んで歌って一晩を過ごした。銓一にとって、忘れられない五十歳の誕生日となった。

八月二十八日は先遣隊到着から一周年だ。ダン大佐ら今も日本にいる先遣隊のメンバーと有末中将ら日本側接伴委員で会を持とうとしたが、二十八日の午後からダン大佐は連合軍軍政下の朝鮮出張の予定が入ってしまった。
夜の会合は取りやめとなったが、午前中にダン大佐のオフィスに赴いた。ダン大佐とは頻繁に会ってはいるものの、こうして一周年記念にオフィスで会うとまた違った思いになる。親しき仲ではあるが、改めて心からのお礼を述べた。ダン大佐も感慨深げだった。横浜にいる他の先遣隊メンバーのオフィスにも出向いて挨拶をし、感謝の気持ちを伝えた。

九月二日は、降伏文書に調印してから一周年である。
銓一は夕方から、第八軍による記念祝賀会に招待された。複雑な思いではあったが、招待していただいたので出席することにした。

夕方、ダン大佐が車で銈一夫妻を迎えに来てくれた。ダン大佐の車に乗って、会場であるボウエン准将邸に向かった。

出席した主なメンバーは、

作戦部長　ボウエン准将

G1課長　シャンズ大佐（G1はGHQの参謀第一部）

G2課長　ジョンズ大佐

G3課長　カーチング大佐

G4課長　バーゲス大佐

化学作戦部長　ボーン大佐

工兵部長　ダン大佐

憲兵司令官　キャドウェル大佐

東京地区憲兵司令官　ヘエリン准将

通信部長　コープット大佐

各将校は夫人を同伴したため、非常に華やかな会となった。この会に招待された日本人は銈一夫妻だけだった。その点はとても光栄に思った。

主催者のボウエン准将夫妻は、銓一夫妻に気を遣ってくれた。

「今日は、貴殿の好きなアメリカ式のキッチン・パーティにした」

と銓一夫妻をキッチンに連れて行った。

キッチン・パーティというのは、キッチンにいろいろな食べ物や酒を並べておいて、各自が好きなものを食べ、飲むというものである。ボウエン准将のキッチンには、おいしそうな食べ物が山盛りになっていて食欲がそそられた。

米軍将校たちは、料理を食べながら、戦勝記念を祝い合っていた。しかし、銓一は敗戦国の元将校である。彼らの戦勝記念日は、日本にとっては降伏の日であり、楽しむことはできなかった。

「わたくしどもにとっては、悲しむべき日です」

と言うと、

「同じ武人として、その気持ちはよくわかる」

とみんなが慰めてくれた。

彼らは、

「ミスター・カマダ、再建して戦前に勝る立派な国をつくってください。日本はその素質を十分に持っていますす」

とか
「我々はいまや友人だ。友人として我が国との友好にも尽くしてください」

と励ましの言葉や、友情に満ちた言葉をかけてくれた。

銈一はフォート・デュポンの工兵第一連隊にいるときのような気持ちになった。銈一がフォート・デュポンに所属していた一九三三年は、日本は国際連盟に脱退を通告した年だった。

アメリカの新聞には日本を非難する意見が連日掲載されていた。それにもかかわらず、フォート・デュポンの米軍将兵たちは、日本の軍人である銈一を温かく迎え入れてくれて、仲間として扱ってくれた。

あのときと同じだ――。

一瞬そう思ったが、やはり、フォート・デュポンのときとは決定的に違う。

日米双方には戦争で亡くなった多くの人がいる。銈一の命で死んでいった者もいる。アメリカ将校も自分の部下や友人を亡くしている。多くの犠牲者の上に築かれた友情関係である。

ああ、戦争が起こらずに、こういう関係になれていれば――。

そう思わずにはいられなかった。

天皇制度は維持された

十月一日、銓一が事務所で仕事をしていると、突然、ゲッツ中佐が現れた。三カ月ぶりである。

「ミスター・カマダ、戻ってきたよ」

「オー、元気だったかい?」

「とても元気だよ。母は贈り物をとても喜んでいた」

「うん、お母様から丁重なお礼状をいただいた」

その日の夕方、さっそくゲッツ中佐を自宅に招待した。

「ミスター・カマダ。貴国のために喜ぶべき調査報告を持って帰ってきた。アメリカの世論は非常に好転していた。もはや天皇退位に関しては、その必要はないという意見が多数だった」

「えっ、本当か?」

銓一の心を覆う雲が一気に晴れた。

「ミスター・カマダが喜んでくれると思って、一刻も早く伝えたかった」

ゲッツ中佐は、うれしそうに銈一に話した。

「ありがとう、ありがとう。その報告が日本の運命に光をもたらしてくれると思う。全日本国民を代表して、お礼を言わせてもらうよ。本当にありがとう」

銈一はゲッツ中佐の手をとって、両手で強く握りしめた。

アメリカの国民世論が和らいできたのは、本当にうれしいことだった。天皇陛下が御退位なさらずにすむ。

この間、日本国内では、GHQ草案をもとにした憲法の議論が続いていた。日本国民統合の象徴という形で天皇制度は維持される見通しとなってきた。天皇陛下の御退位もなさそうである。

憲法改正案は議会で可決され、天皇陛下の裁可を経て、十一月三日に公布された。


銈一は、この一年数カ月余を振り返って、感無量であった。

「皇室をお護りせよ」とのあまりにも重い大役の一翼を担うことが出来た。

銈一は、ある日のことを思い出していた。偕行社の別室で、日本の窮状を救うための切り札として、歴史上初の皇族総理大臣に就任されたばかりの東久邇宮稔彦王から、

「私は、い、ろ、はの〝い〟の字を書き始めたところです」

「どうかよろしく頼みます」

と手をついて頼まれた、あの日のことを。

い、ろ、はの「い」……それが銓一に与えられた密命だった。

あとがき

ある日、テレビ局から電話が入り、父鎌田銓一のドキュメンタリーをつくりたいとのご提案をいただきました。そのドキュメンタリー番組は『天皇制を守った親子の物語』として、二〇一五年十二月十日にBS朝日で放映されました。

すばらしいドキュメンタリーをつくっていただきましたが、時間的な制約もあり、詳細な部分をお伝えすることはできませんでした。「もっと詳しく知りたい」というご要望をいただき、また、私としましても何らかの形で父の足跡を残しておけたらと思い、書籍として出版することと致しました。

私は、陸軍士官学校に終戦の年に入学することになりましたが、同校が閉校になり学習院に復帰しました。東久邇宮稔彦王のご子息も陸士でも同期でした。十七、十八歳の頃から、父と行動を共にし秘書のようなことをやっていたため、本当に貴重な体験をしました。それらを思い出しながら書いてみたつもりです。ただ、七十年くらい前のことであり、記憶が曖昧な部分もありましたので、父の日記、手記のほか、いくつもの文献を参考にさせていただきました。とりわけ、『罪悪と栄光　敗戦時の裏面秘録』（山田秀三郎著）から、父の詳細な記録を知ることができました。

日本の軍人であり、終戦直後には　部下の軍医に毒薬の準備を命じ、自決を決めていた父が密命により、これからは日本のため、天皇のために命がけで働こうとした生きざまに、息子ながら深く感銘をいたしました。このような重大な場面に立ち会うことが出来たのは、私の無常のしあわせであります。

今思い出すと、父がよく言っていたことは、やはり厚木のことでした。「神風が吹いた」と私に何度も話をしてくれたものです。

本文でも触れましたが、父が北京から戻ってきた飛行機は、日本軍の最後の飛行機でした。マッカーサー司令部から、すべての飛行機のプロペラを外すよう命令されており、外地のその飛行機も例外ではありませんでした。父への命令が一日遅かったら、戻ってこられなかったでしょう。間一髪のタイミングでした。さらに、悪天候による二日間の先遣隊進駐延期。そして、父の元部下であった旧知のテンチ大佐、ダン大佐との再会など、すべてが良いほうに、良いほうに動いていきました。まさに幸運の連鎖と言える状況でした。父は、「神風だ」「神風だ」と言って、日本の幸運を喜んでいました。

その後、父は本当に精力的に米軍高官たちを自宅に招待して信頼関係づくりをしていました。「国民外交」というのが父の信念でした。

私も、音楽演奏などを通じて国民外交の一端を担ったのではないかと自負しています。米軍高官は音楽好きな方が多かったので、自宅に軍楽隊が用いる大太鼓をはじめとして、主に管楽器を中心に色々な楽器を用意しました。

印象に残っているのは　マッカーサー元帥に次ぐナンバーツーであったアイケルバーガー中将です。アイケルバーガー中将と言えば、第八軍司令官であり、とても偉い人です。そのアイケルバーガー中将が、私たちが演奏を始めると、突然立ち上がって、大太鼓を叩き出しました。実に楽しそうな姿でした。そんなところにも、彼の愛すべき人となりを感じました。

米軍将校の方々は、十代後半の私を本当にかわいがってくれました。フォート・デュポンで父の部下だったダン大佐は、ジープでよくドライブに連れて行ってくれました。一度、箱根へのドライブ途中に、あまりにも景色が良かったので私が持参のサクソフォーンを吹こうとしたら

「おいおい、車の中ではやめてくれ」と言われたことがあります（笑）。

宮城《きゅうじょう》警備にあたっていたターザン中尉も、新車のフォードで私をよくドライブに連れ

鎌田銓一、鎌田勇親子

て行ってくれました。

「１９４６フォードだ！」といつも自慢していたものです。

これは夢のような車でした。

後年私が初めて渡米したとき、サンフランシスコ空港まで迎えに来てくださったのは、憲兵司令官のキャドウェル大佐夫妻でした。アメリカでの初めての夜を夫妻の家で過ごし、昔の話に花が咲いたことを覚えています。夫人の作ってくれたアメリカのBreakfastの味が忘れられません。

憲兵副司令官のゲッツ中佐との思い出もたくさんあります。ゲッツ中佐は、学習院ＯＢの演奏会に来て私たちの演奏を聞いてくれました。その演奏会には、皇族の方も何人か来ておられたと思います。これも父の言葉を借りれば、「国民外交」の一端だったのかもしれません。

ゲッツ中佐は、日本の天皇制度に深い理解を持たれた方の一人でした。記憶が曖昧でしたので本文中には詳しく入れませんでしたが、日本の皇族のために相当に尽力してくださったはずです。感謝の気持ちも込めて、ゲッツ中佐の吹いたトランペットは、今でも我が家に大切に保管してあります。

最後に母慶子について一言。母は父を支えて、客人を心からもてなしていました。国民外交と言うだけあって、父は全てを自費で賄っていたのですが、幸い母の実家がしっかりしていたのでとても助かったようです。

ただハグには面喰っていました。日本人にはなじみの少なかったハグ。日本人としてもとても小柄な母が、大きなアメリカ人に抱えられて……そんな姿を思い出します。

とにかく母の存在なしに父銈一は十分働けなかったと思います。

なお本書は、ワックの鈴木隆一氏と加藤貴之氏のご協力を得て、素人ながら、あえて第三者的なノンフィクションとしてまとめてみました。ご批判に耐えうるものかいささか自信はありませんが、戦後史の埋もれていた側面を知っていただく一助になればと思っております。

鎌田　勇

〈参考文献・資料一覧〉

・鎌田銓一手帳（昭和二十年八月一日〜昭和二十一年十二月三十一日）
・鎌田銓一傳（手記）
・罪悪と栄光　敗戦時の裏面秘録　山田秀三郎　大日本皇道会総本部
・音楽の聞こえる小さな家―ハーモニーに包まれた皇室の肖像　鎌田勇　時事通信社
・終戦秘史　有末機関長の手記　有末精三　芙蓉書房
・ザ・進駐軍　有末機関長の手記　有末精三　芙蓉書房
・高松宮日記　第八巻　昭和二十年〜二十二年　高松宮宣仁　中央公論社
・東久邇日記　日本激動期の秘録　東久邇稔彦　徳間書店
・一皇族の戦争日記　東久邇稔彦　日本週報社
・やんちゃ孤独　東久邇稔彦　読売新聞社
・私の記録　東久邇宮稔彦　東方書房
・終戦連絡横浜事務局関係文書　鈴木九萬寄贈　国会図書館
・杉山元帥伝　杉山元帥伝記刊行会編　原書房
・加瀬俊一回想録（上、下）　加瀬俊一　山手書房
・Journey to the Missouri　加瀬俊一　Yale University Press
・横浜市史2　資料編1（連合軍の横浜占領）　横浜市総務局市史編集室編　横浜市
・回顧　北支派遣第二野戦鐵道司令部　第二野鉄会
・資料　鉄道連隊小史
・資料　鉄道と鉄道部隊
・資料　鉄道部隊の変遷とその役割
・資料　第七代司令官　鎌田銓一閣下の秘話（その一）
・マッカーサー回想記（上、下）　ダグラス・マッカーサー　津島一夫訳　朝日新聞社
・マッカーサー大戦回顧録　ダグラス・マッカーサー　津島一夫訳　中公文庫
・Reports of General MacArthur 第1巻〜第4巻　GHQ参謀第2部編
・トルーマン回顧録（第1、第2）　ハリー・トルーマン　堀江芳孝訳　恒文社
・Our jungle road to Tokyo　ロバート・アイケルバーガー　Viking Press
・提督ニミッツ　E・B・ポッター　南郷洋一郎訳　フジ出版社
・キル・ジャップス！　ブル・ハルゼー提督の太平洋海戦史　E・B・ポッター　秋山信雄訳　光人社
・提督・スプルーアンス　トーマス・B・ブュエル　小城正訳　読売新聞社
・陸軍員外学生　東京帝国大学に学んだ陸軍のエリートたち　石井正紀　光人社NF文庫
・マッカーサーの日本（上、下）　週刊新潮編集部　新潮社
・マッカーサーの二千日　袖井林二郎　中公文庫
・マッカーサーが来た日　8月15日からの20日間　河原匡喜　光人社NF文庫
・マダム篠田の家　港の見える丘物語　横浜1945-50　赤塚行雄　第三文明社
・日本占領史　1945-1952　福永文夫　中公新書
・日本占領〈第一巻〉児島襄　文藝春秋
・占領秘録　住本利男　毎日新聞社
・詳説日本史　山川出版社
・詳説世界史　山川出版社
・天皇制を守った親子の物語　BS朝日　二〇一五年十二月十日放送

鎌田銓一《かまたせんいち》　略歴

元日本陸軍中将。元米軍将校。一八九六年（明治二十九年）八月二十三日、兵庫県神戸市で生まれる。陸軍幼年学校、陸軍士官学校工兵科卒（二十九期）。シベリア出征に従軍後、陸軍砲工学校に入学し、工兵科首席卒業。その後、京都帝国大学工学部土木工学科を卒業し、渡米してイリノイ大学、ＭＩＴで学ぶ。昭和八年（一九三三）一月から、米軍の中でも精鋭が集まるとされるフォート・デュポン工兵第一連隊に隊付き武官として入隊し、大隊長を務めた。

米国より帰国後、陸軍省防備課長、同交通課長などを歴任し、昭和十五年から鉄道第五連隊長として南支（中国南部）に転出。昭和二十年に北支に移り、第二野戦鉄道司令官（中将）として終戦を迎えた。

終戦直後に北支から急遽呼び戻され、米軍との連絡将校となる。米軍からも信頼が厚く、米軍と日本政府とのパイプ役の中心的存在となった。日本軍廃止後は、復員局連絡部長として引き続き米軍との連絡役を担う。その後、技術系企業の会長、顧問などを歴任し、一九七五年十一月三日、七十九歳没。

鎌田　勇（かまた　いさむ）
実業家、作曲家。1928年（昭和３年）6月2日東京で生まれる。学習院中等科高等科に学ぶ。1945年、陸軍士官学校に入学することになるが、終戦で閉校して学習院に復帰。父・銓一の秘書的な役割を果たした。音楽への造詣が深く、演奏でも米軍将校と交流を深める。慶應義塾大学文学部を卒業し、沖電気入社。沖ユニシス社長、日本ユニシス取締役、ジェイビルサーキット日本代表などを歴任。音楽関係では、学習院オーケストラの指揮者を務めるほか、作曲家として活躍。音楽活動を通じて皇室との交流も持つ。著書に『音楽の聞こえる小さな家―ハーモニーに包まれた皇室の肖像』（時事通信社）、音楽作品に自作の交響曲、協奏曲、室内楽曲などを収録した『KAMATA COLLECTION』（ビクターエンタテインメント）などがある。2018年１月死去。享年89。

皇室《こうしつ》をお護《まも》りせよ！
鎌田中将《かまたちゅうじょう》への密命《みつめい》

2021年12月８日　初版発行

著　者　鎌田 勇

発行者　鈴木 隆一

発行所　ワック株式会社
東京都千代田区五番町 4-5　五番町コスモビル　〒102-0076
電話　03-5226-7622
http://web-wac.co.jp/

印刷製本　大日本印刷株式会社

ISBN978-4-89831-853-9